DongHuaChun Barbershop

東華春理髮廳 2

油飯15元
冬粉15元
華ㄟ，走了！
喔！
喵——
吱！
吱！

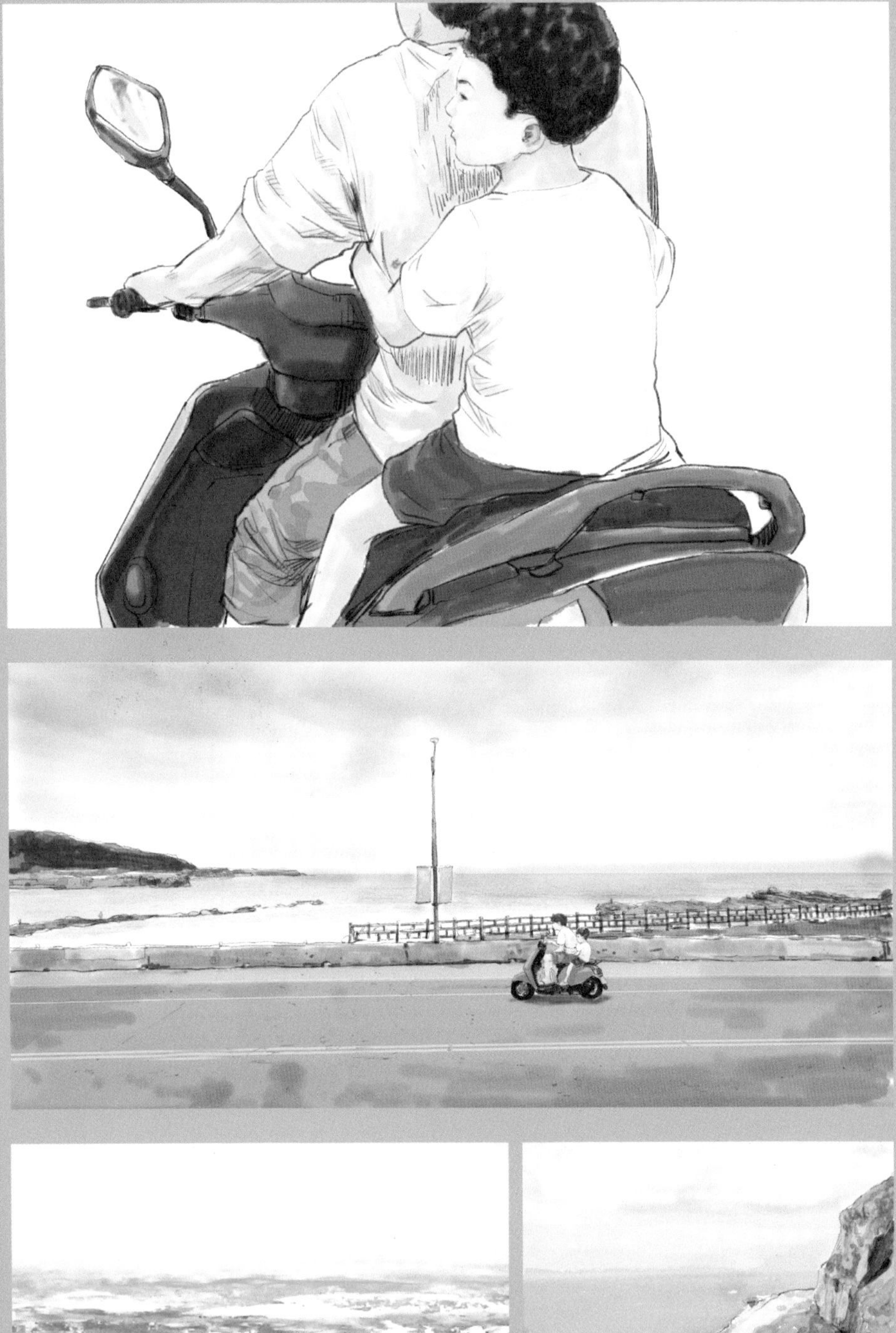

阿爸。
嗯？
AM跟FM是什麼？
廣播電台的頻道，怎麼？你媽說了什麼？

沒有……
阿爸，媽媽這次會在外婆家住多久？
啊知？小孩別管那麼多。
趕快吃！
每次他們吵架的隔天，媽媽就會回去外婆家。
阿爸跟我的早餐，就是來海邊吃冬粉，配奶茶。

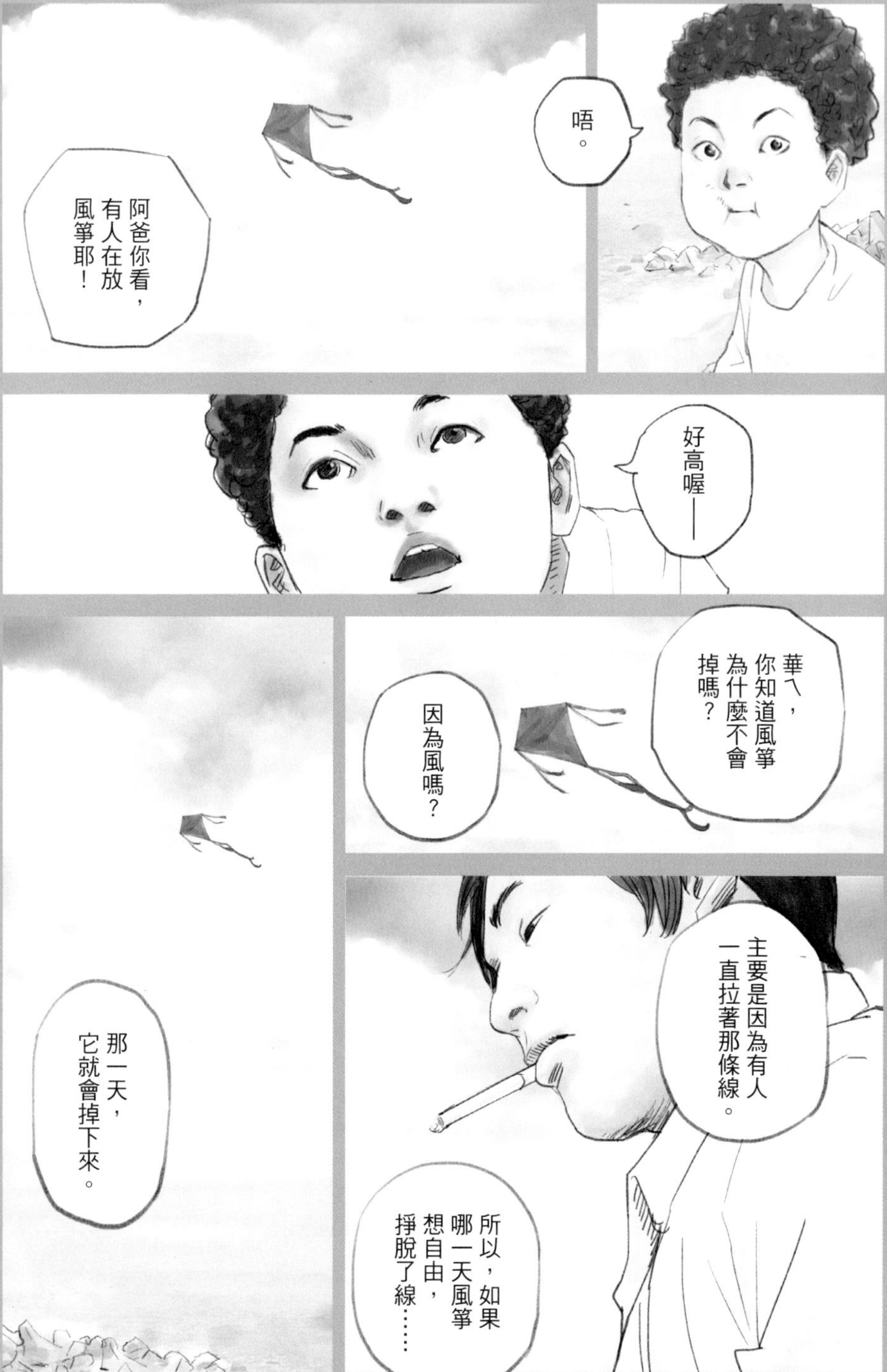
阿爸你看，有人在放風箏耶！
唔。
好高喔——
華ㄟ，你知道風箏為什麼不會掉嗎？
因為風嗎？
主要是因為有人一直拉著那條線。
所以，如果哪一天風箏想自由，掙脫了線……
那一天，它就會掉下來。

算一算你也交關二十幾年了。
歲數也不小了，
啊你什麼時候要娶老婆？
齁呦——阿梅姨。
我一直在等妳離婚娶妳耶。
哈哈！你每次都這麼說！
我先走囉！妳辦好手續隨時來東華春找我喔！
卡正經耶啦！順走。
冬粉 油飯
金紙 香
紅糟肉
金紙佛具
七十年老店

大人經常說
囡仔甭懂。
好歹我也三十八了，
但是到現在，
我仍然不解。
他們當年口中說
我不會懂的那些事，
怎麼會從以前到現在
都還影響著我？

又來思考人生啦？
是啊，思考早餐店奶茶讓人想大便，這樣算有吃過早餐嗎？
有沒有充滿哲思？
妳咧？妳的「疝氣」又讓妳不爽啦。
你很故意耶，他叫尚義。
是不是男人都是說一套，做一套。問他，就敷衍個幾句。
如果你們是某方面的問題，我可以介紹中醫。
如果是你們的三角關係，
我還是那句，我數學不好。
陳小華，拜託你想些新台詞好嘛。

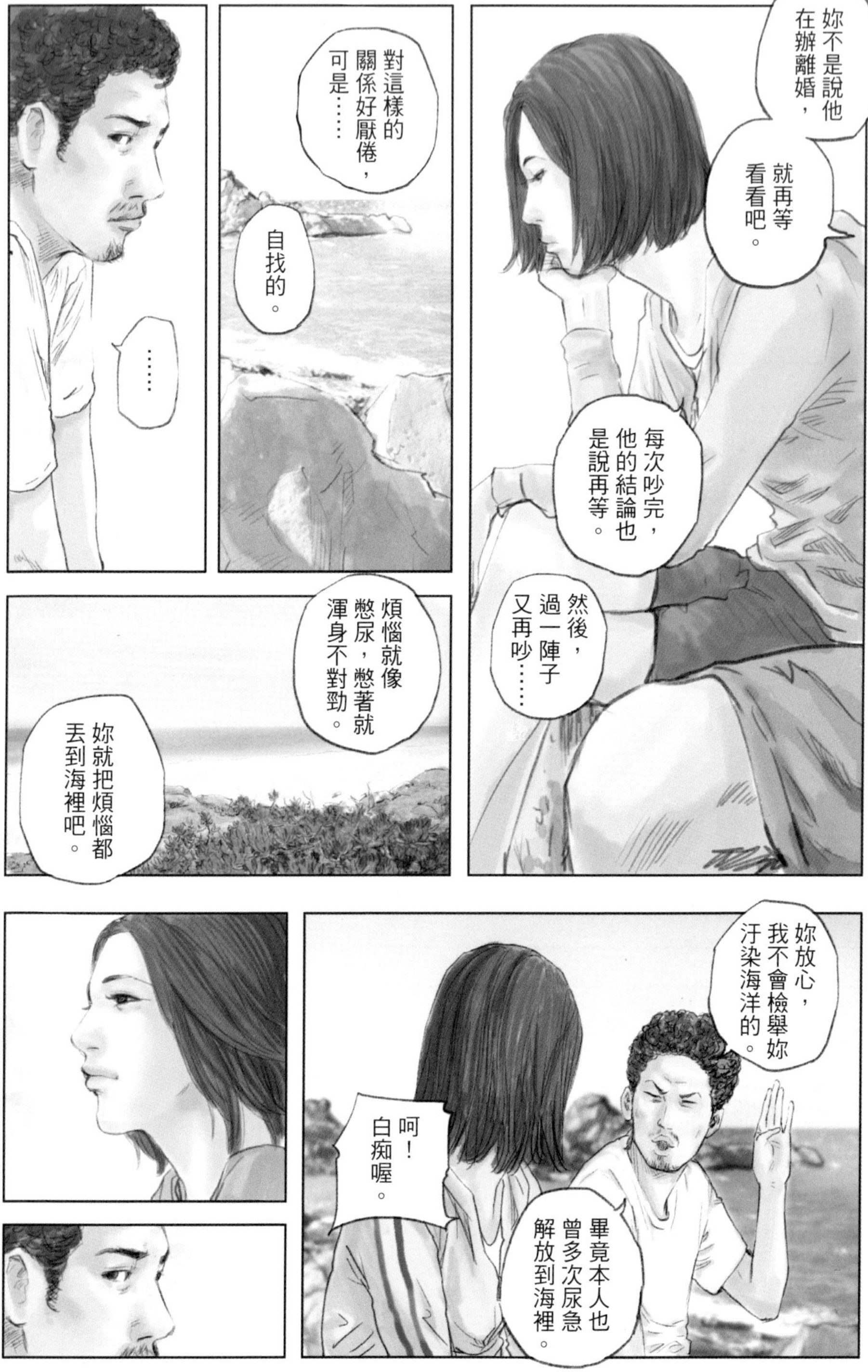
妳不是說他在辦離婚，
就再等看看吧。
每次吵完，他的結論也是說再等。
然後，過一陣子又再吵……
對這樣的關係好厭倦，可是……
自找的。
……
煩惱就像憋尿，憋著就渾身不對勁。
妳就把煩惱都丟到海裡吧。
妳放心，我不會檢舉妳汙染海洋的。
畢竟本人也曾多次尿急解放到海裡。
呵！白痴喔。

喏！
哈！產地新鮮直送喔。
這樣我回去就不用繞去妳店裡啦。
今天要跟玉蘭出去一下。
所以洗頭就改晚上或明天。
玉蘭跟我說了，今天是你爸的忌日。
我覺得滿妙的……
他在我生日那天離家出走，我終於在他忌日這天找到他……
這樣，算不算重逢？
不過，
至少他不會再離家出走找不到人了。

東華春理髮廳
東華春理髮廳
好了。
謝謝啦——
慢走。
啟立，幫我拿冰箱裡的玉蘭花。
喔。
那我用包鮮盒裝喔，可以多撐幾天。
硍！你真的是貼心魔人，
怪不得整個里的阿姨都愛你。
玉蘭咧？

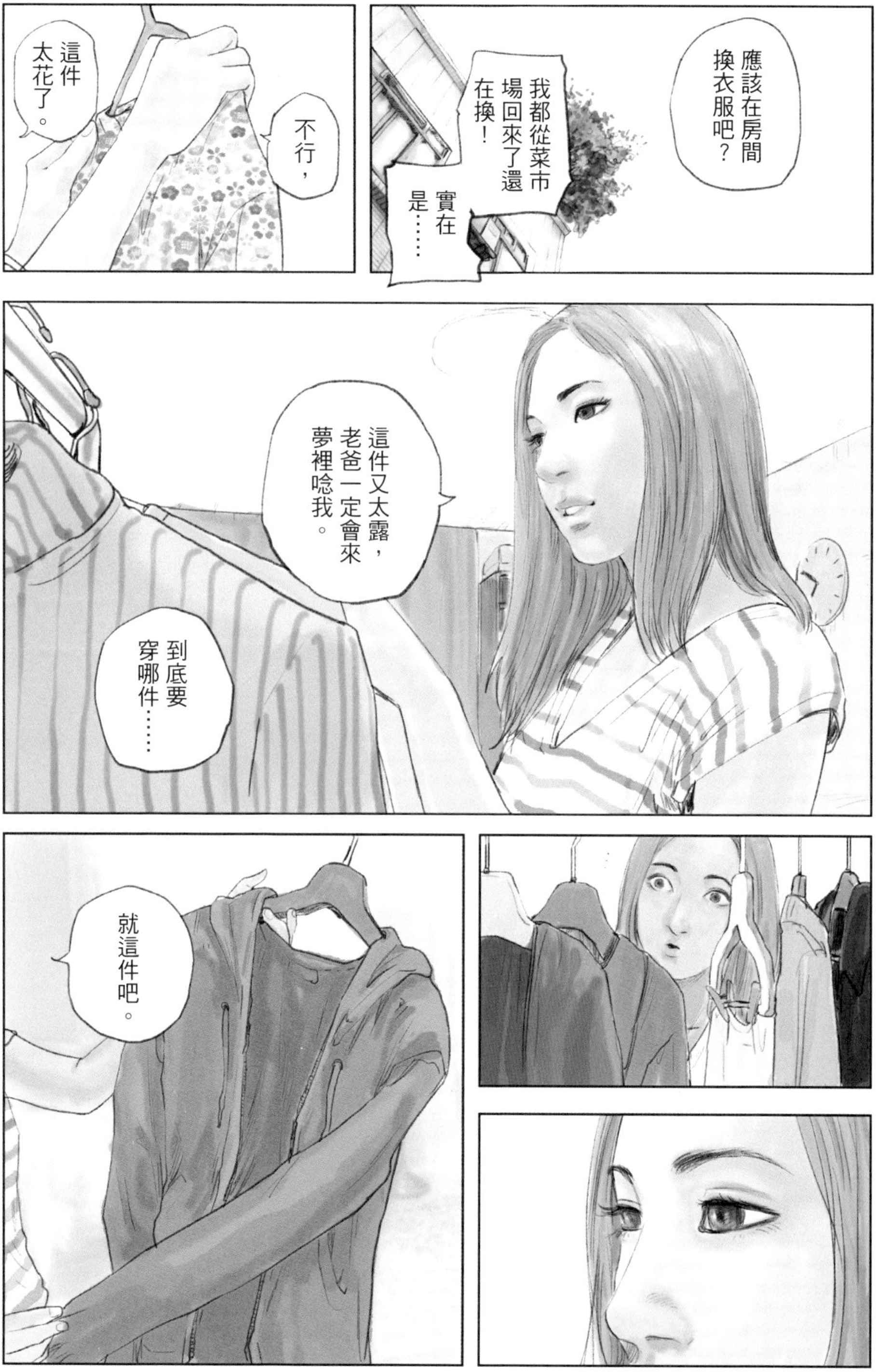
應該在房間換衣服吧？
我都從菜市場回來了還在換！
實在是……
不行，
這件太花了。
這件又太露，老爸一定會來夢裡唸我。
到底要穿哪件……
就這件吧。

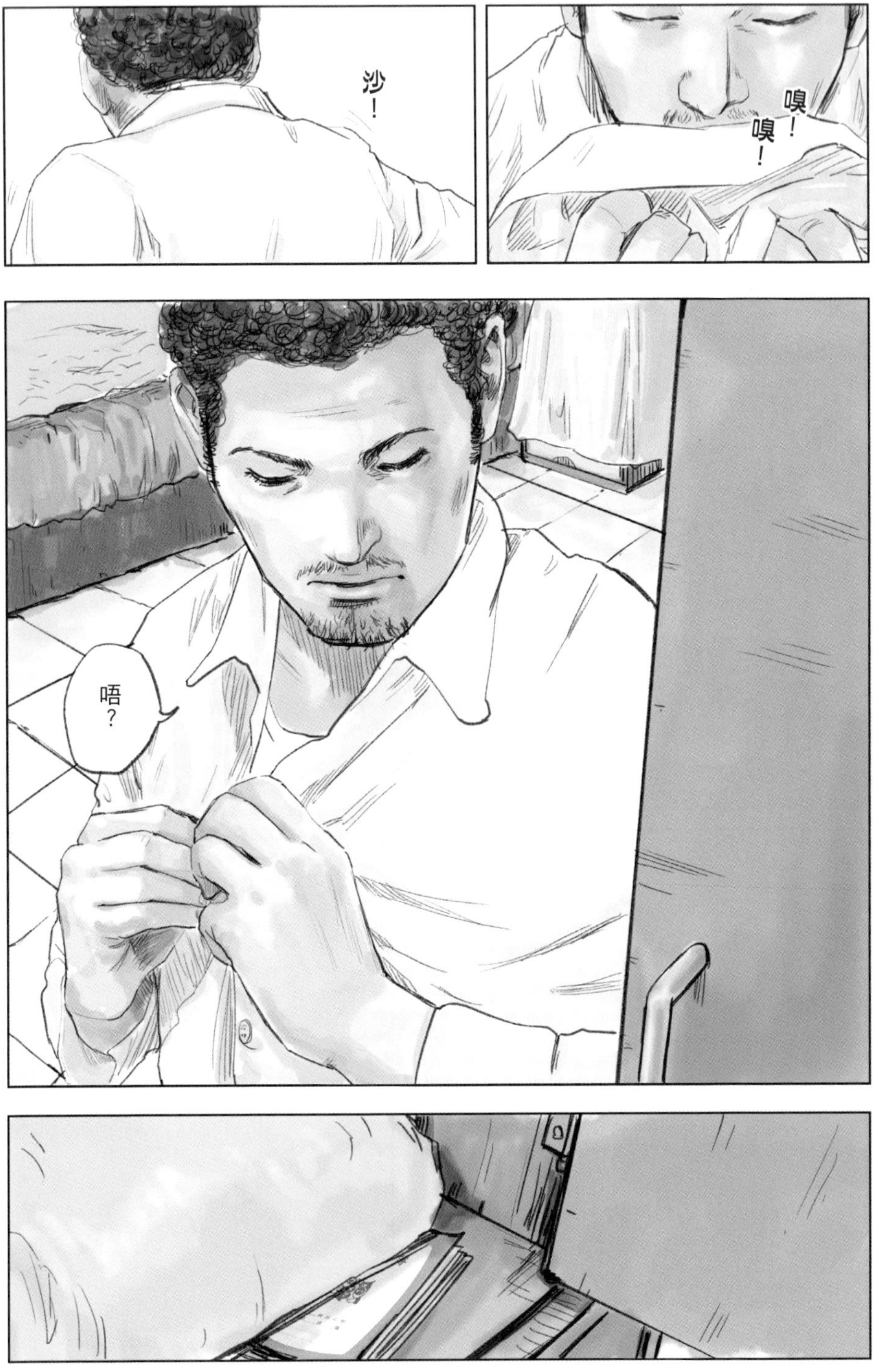
沙！
嗅！嗅！
唔？

國語作業簿
歐吉桑你好了沒？很慢耶！
來了啦！
硍！催什麼。剛才等妳打扮，我都高雄來回了。
亂說！哪有很久！
還說沒有，啟立都洗完五百顆頭了！
最好是啦！

CUT.1 掃墓

東華春理髮廳

訂正
民國七十年十月十一日 天氣晴
今天是我的生日，爸爸帶著媽媽和我去圓山動物園遊玩。
我們早上六點鐘起床刷牙洗臉，爸爸坐在門口刷他的皮鞋，媽媽畫口紅，過一會兒，我們就一起去搭公車到台北車站。
我穿著媽媽新買的衣服，
還有爸爸送我的玩具。
爸爸去排隊買票也買了沙士。

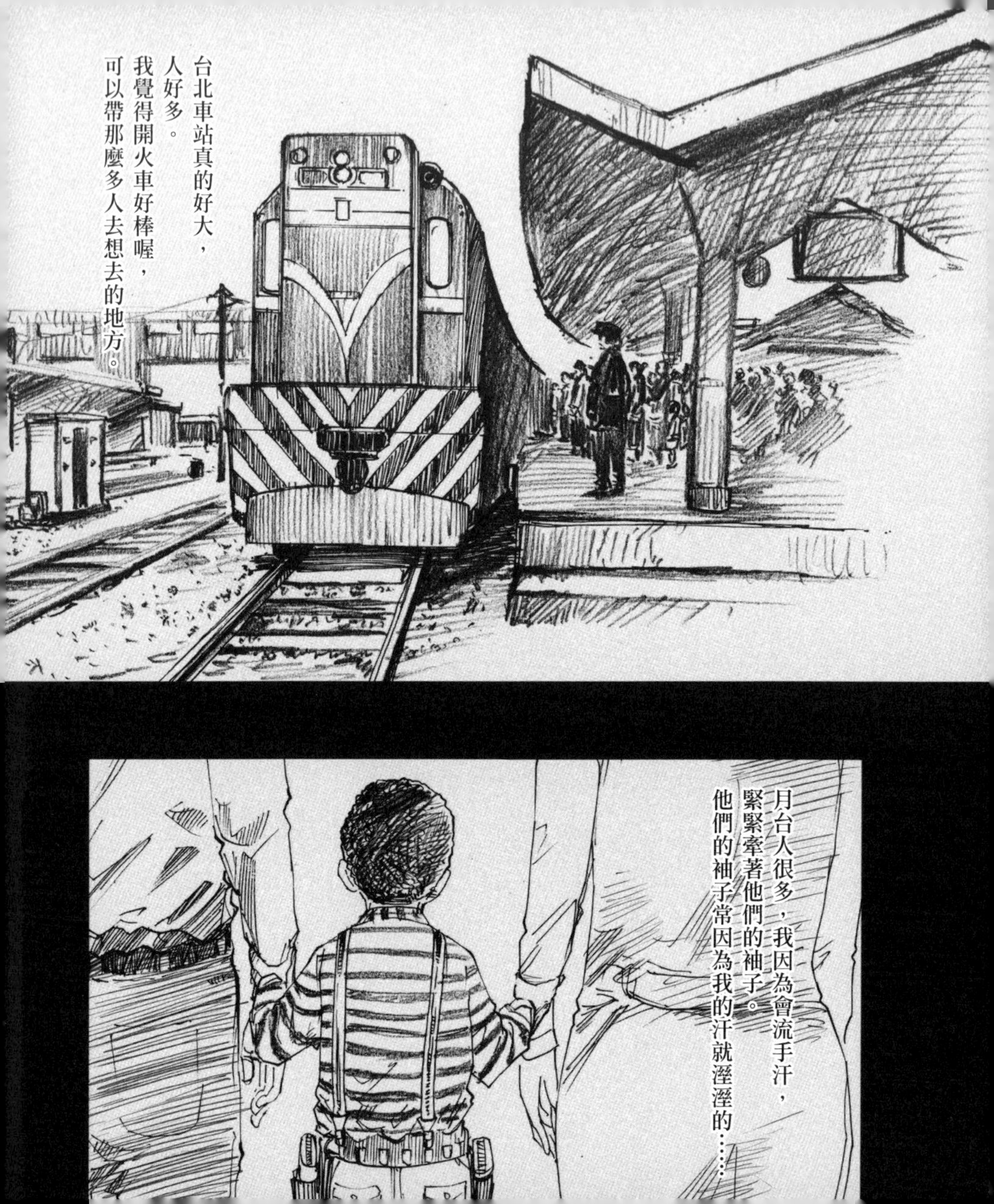
台北車站真的好大，
人好多。
我覺得開火車好棒喔，
可以帶那麼多人去想去的地方。
月台人很多，我因為會流手汗，
緊緊牽著他們的袖子。
他們的袖子常因為我的汗就溼溼的……

淡水站
至
臺北站
限發售當日有效
票價14元稅1元
總計 15元
華ㄟ，車票你拿著。
阿爸你要去哪？
我去抽根菸。
你跟你媽先去找位置。

阿爸別太久喔，火車快開了。
知啦。
嚓！
小華，我們先去找位置。
喔喔！

阿爸當時明明是站在那裡
抽菸的……

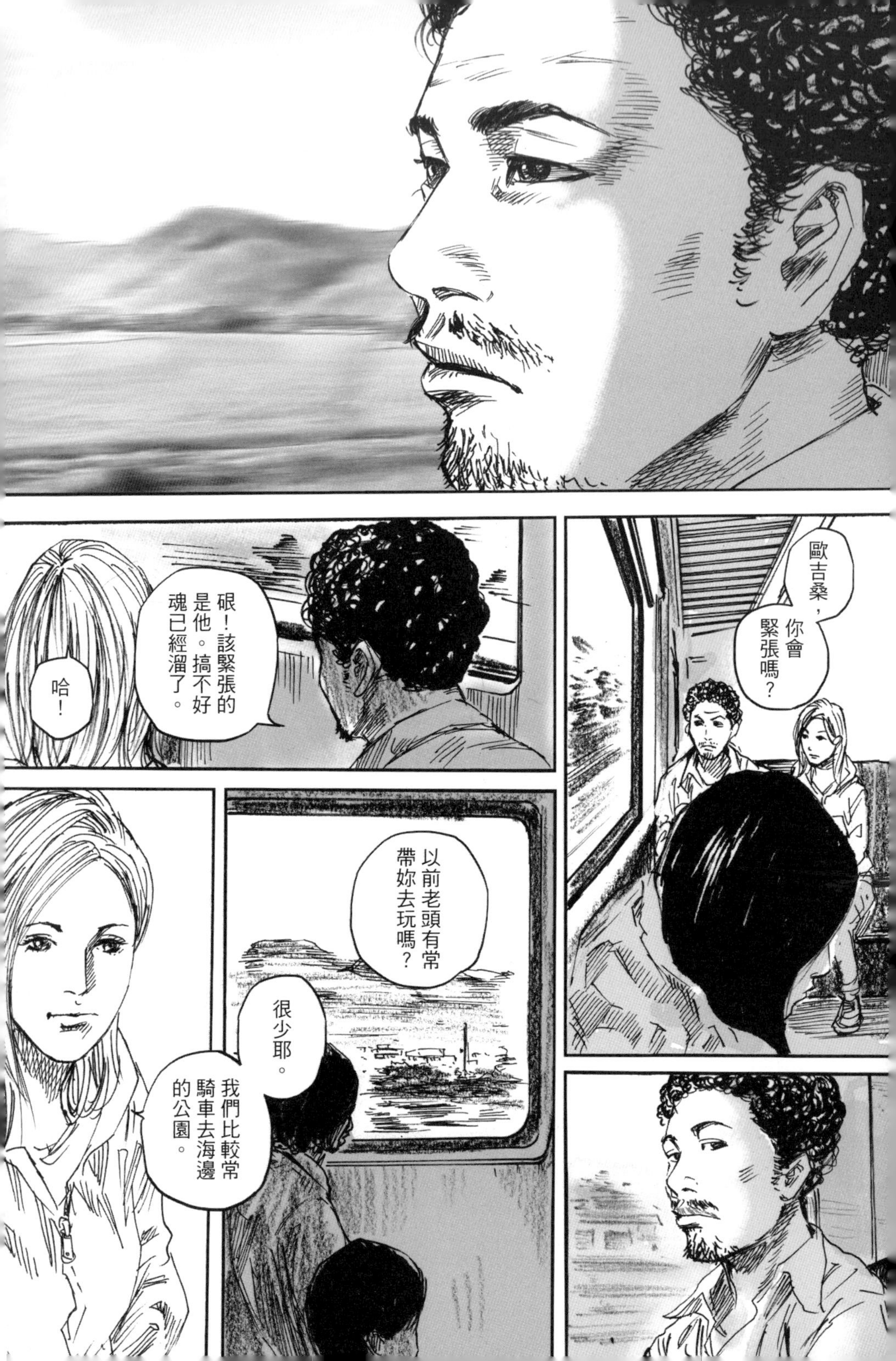

歐吉桑，你會緊張嗎？
硍！該緊張的是他。搞不好魂已經溜了。
哈！
以前老頭有常帶妳去玩嗎？
很少耶。
我們比較常騎車去海邊的公園。

今天是我跟玉蘭
第一次遠行。
要去祭拜那個
在我十歲生日離家的父親。
歐吉桑，
你還行吧。
硍！我沒
那麼虛啦。

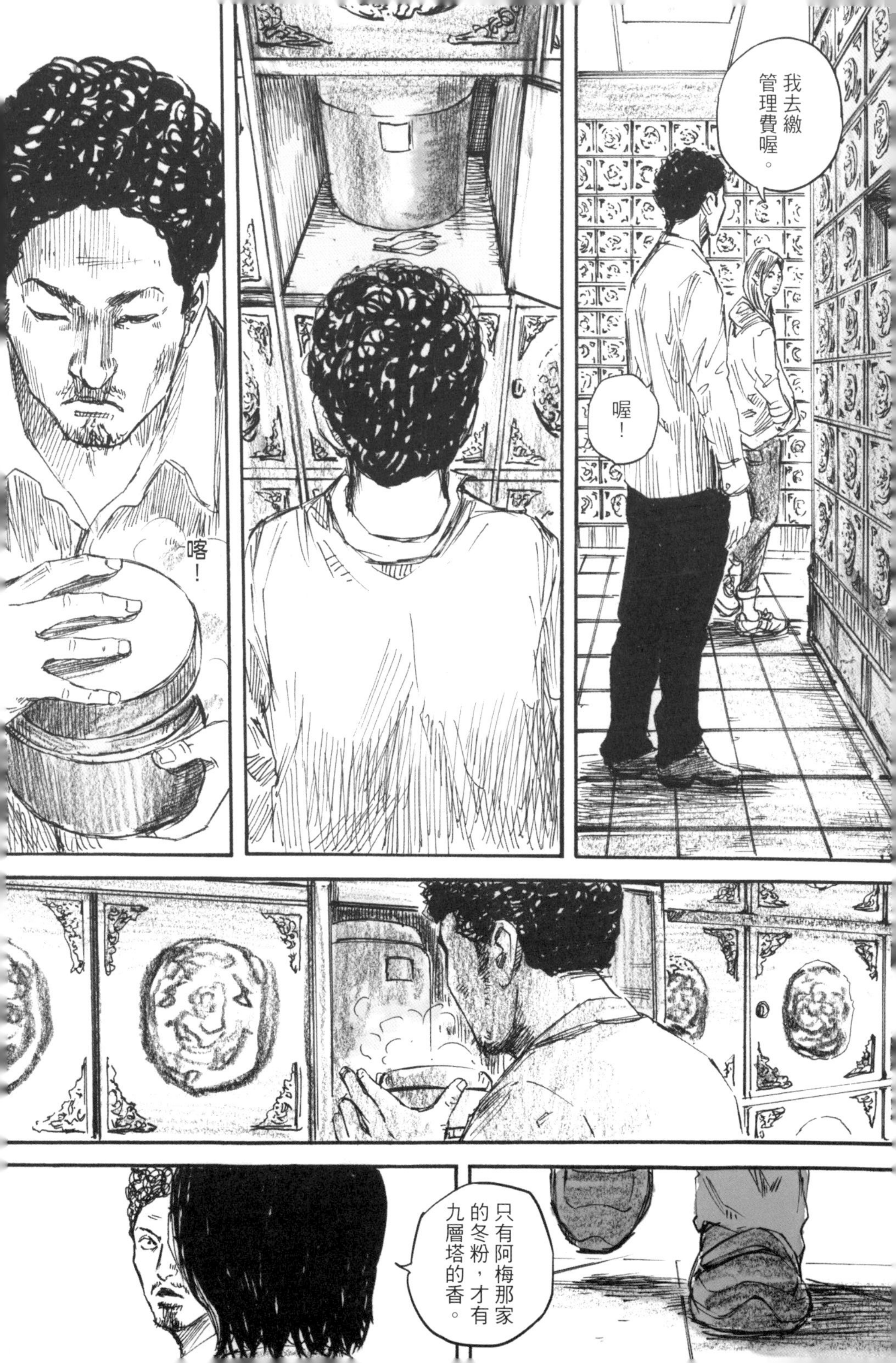
我去繳管理費喔。
喔！
喀！
只有阿梅那家的冬粉，才有九層塔的香。

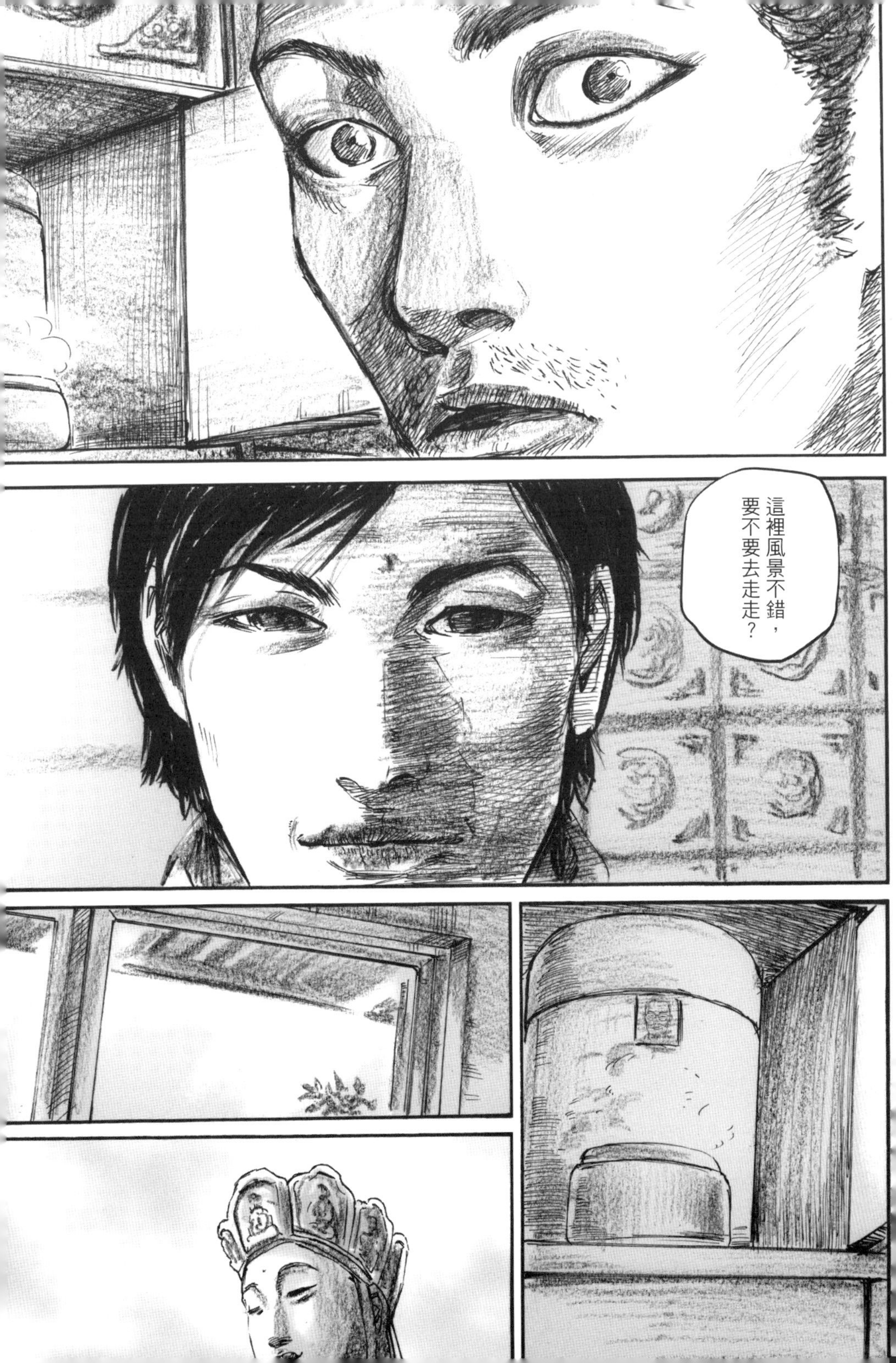
這裡風景不錯，要不要去走走？

華ㄟ，

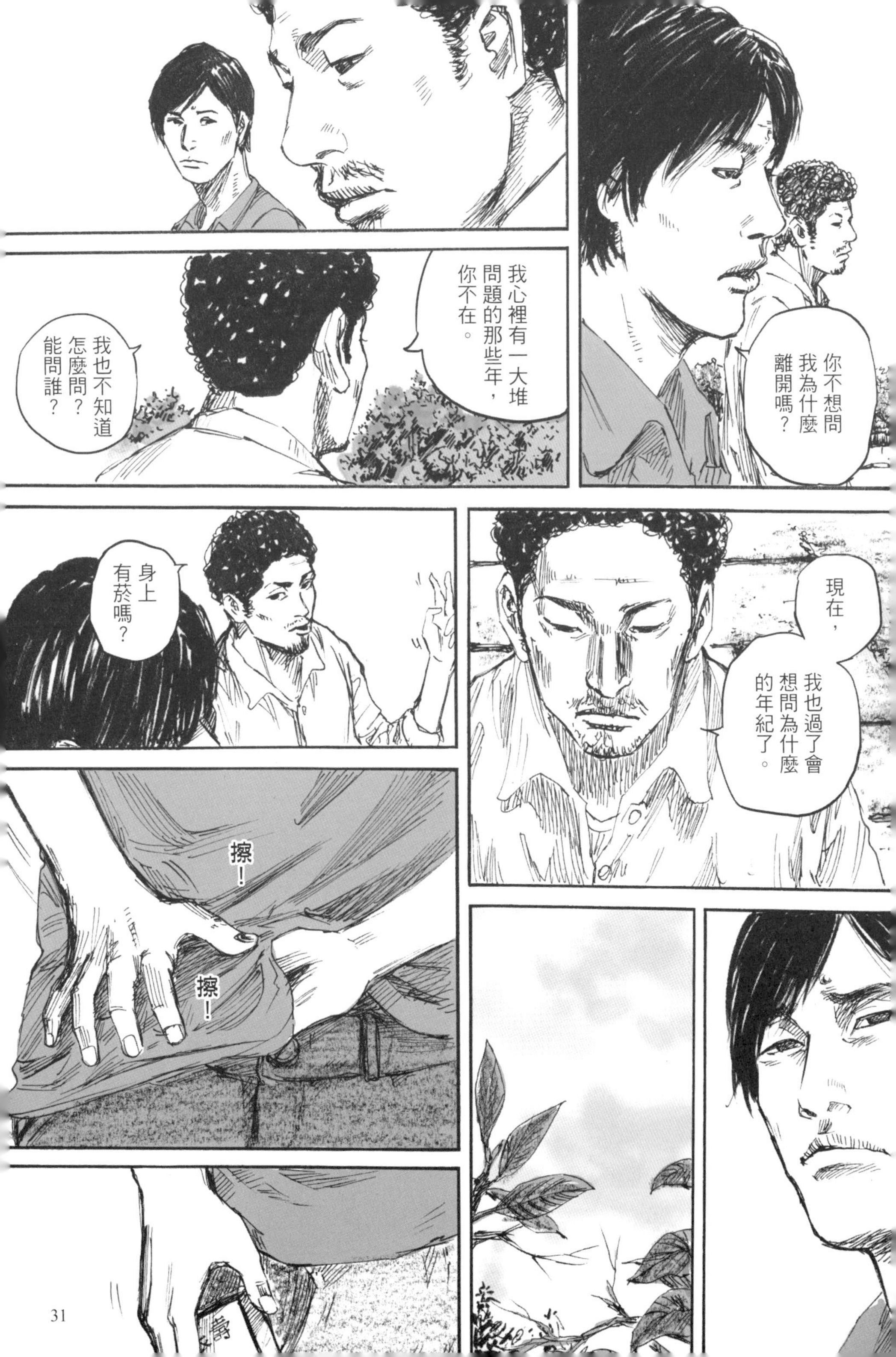
你不想問我為什麼離開嗎？
我心裡有一大堆問題的那些年，你不在。
我也不知道怎麼問？能問誰？
現在，
我也過了會想問為什麼的年紀了。
身上有菸嗎？
擦！
擦！

嚓！
嚓！
一模一樣。
我忘記是什麼時候，
福伯說：阿華，你擦手汗的動作跟你爸一模一樣耶。
老實說，我沒有注意到自己有這個動作。
所以也想不起來是什麼時候開始。
但我記得手汗帶給我不少困擾。
小學康樂活動只要有牽手的，都沒人想跟我一組。
我的勞作都髒髒的，接力賽都是跑最後一棒。
還有你買給我的史艷文，阿母常說它臭汗酸，把它裝洗衣袋拿去洗。
然後它的雙手就被用夾子晾在竹竿，像電視演的嚴刑逼供那樣。

哈哈！這個我有印象！
以大俠來說，真的很慘……
呵！
擦！
擦！
我也想過，動個手術就可以解決了。但是……
那些剪掉的頭髮，雖然不在身上了，
但它們永遠是你的。
或許因為這樣，才會是我。

可能也到一個年紀了，
對於同一件事的想法、感受，跟十歲、二十歲甚至去年，都不一樣了。
玉蘭燒香時跟我說你要來，原本我準備很多話想解釋。
不過，就像你所看到的，我的年紀，就停留在你記憶中的我。
某部分的我，會永遠停在你十歲那年。
所以我所說的，所想的，仍然停在那個時候。
以現在的你，聽起來都會是不成熟，想合理化我所做的藉口。
華ㄟ，對不起……

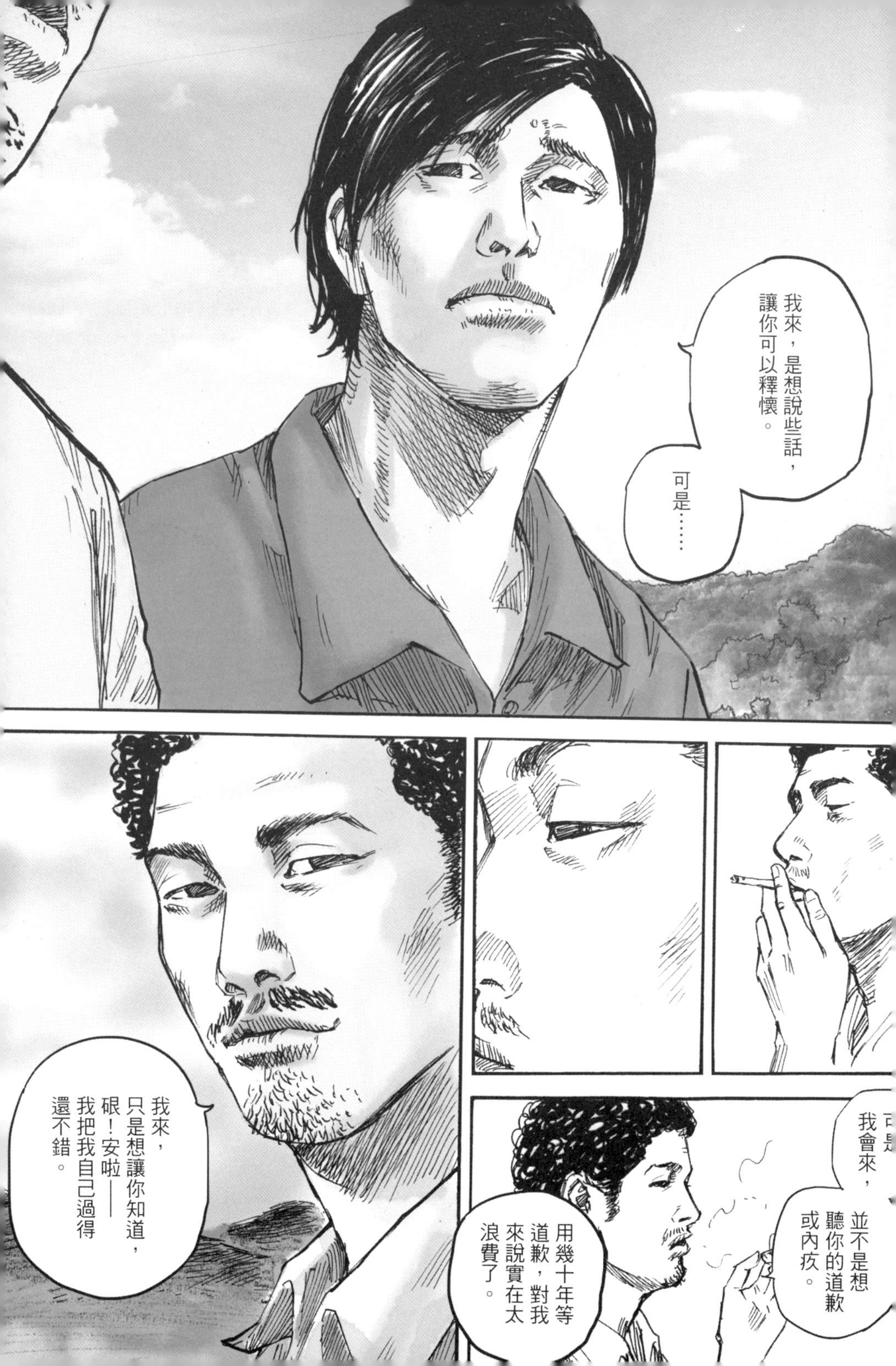
我來，是想說些話，讓你可以釋懷。
可是……
我來，只是想讓你知道，硍！安啦——我把我自己過得還不錯。
我會來，並不是想聽你的道歉或內疚。
用幾十年等道歉，對我來說實在太浪費了。

來的路上，玉蘭坐在我旁邊睡著了。
後來火車，經過好幾個山洞……
不管誰在身邊或不在身邊，還是會有一個人感到孤單、徬徨或是自我懷疑的時候。
搭火車嘛，本來就會看到沿途各種景色，也免不了經過山洞。
這些都是風景。
沙！

呼沙！
呼沙！
華ㄟ，我要走了。
他們只給我一根菸的時間。
呃！不能待久一點嗎？
我也想待久一點，不過他們說，
當時給我一根菸的時間考慮；現在，也給我一根菸……
至少，
這次我們有機會可以當面說再見。
走吧。
這次換我看著你離開。
……

阿爸。
你離開之後，有過得比以前開心嗎？

走吧！
你跟玉蘭的火車快要開了。

跑去抽菸也不說一下，害我到處找你。
我就順便逛逛咩。
啊！火車來了！
爸比，火車來了！快點快點！
來了！來了！
你跟媽媽先上車！

有找到座位嗎？
有！

歐吉桑的背影
跟老爸很像，
很孤單的感覺。
他一直看著
火車離去，
直到它拐彎
看不見。
像是捨不得什麼，
但又不得不道別。

不過我跟老爸說，
一年前，你過世後
安排我回東華春，
我感覺像被拋棄。
可是，
我漸漸明白了——
你知道這裡的一切
才能安撫我的不安。
東華春理髮廳
101年
十月
2
星期日
農曆九月初六日
我有印象，
你說過移植
玉蘭花，
除了帶著原本的
土球，
最好是
找相近的土壤
和充足的日光。

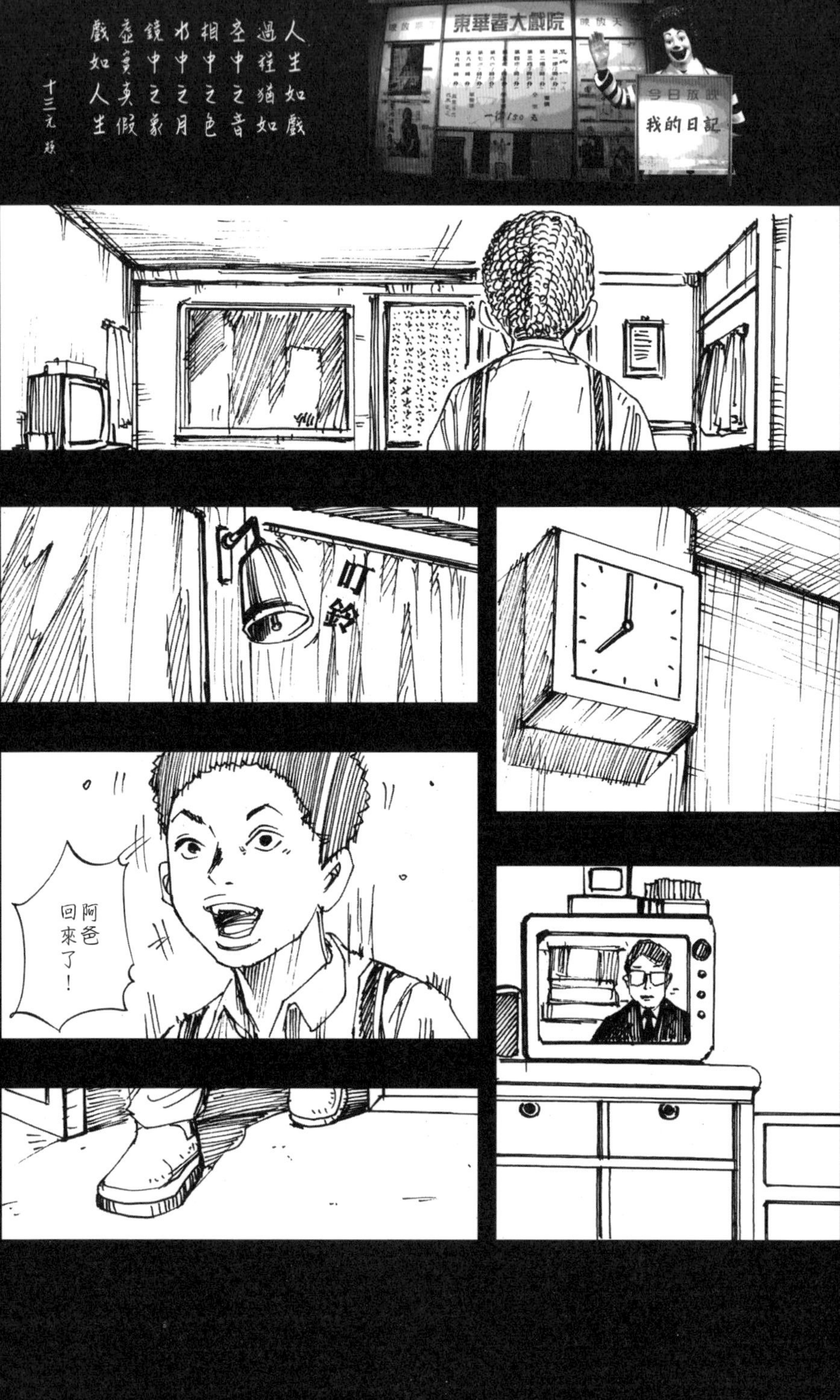
人生如戲
過程猶如
空中之音
相中之色
水中之月
鏡中之象
虛實真假
戲如人生
今日放映
我的日記
叮鈴
阿爸回來了！

你好！送蛋糕喔！
這是你的生日卡片。
已經付錢了。
……
對於父親的消失，媽媽很平靜。跟平常一樣做她的事。
好像，她早就知道會有這一天。

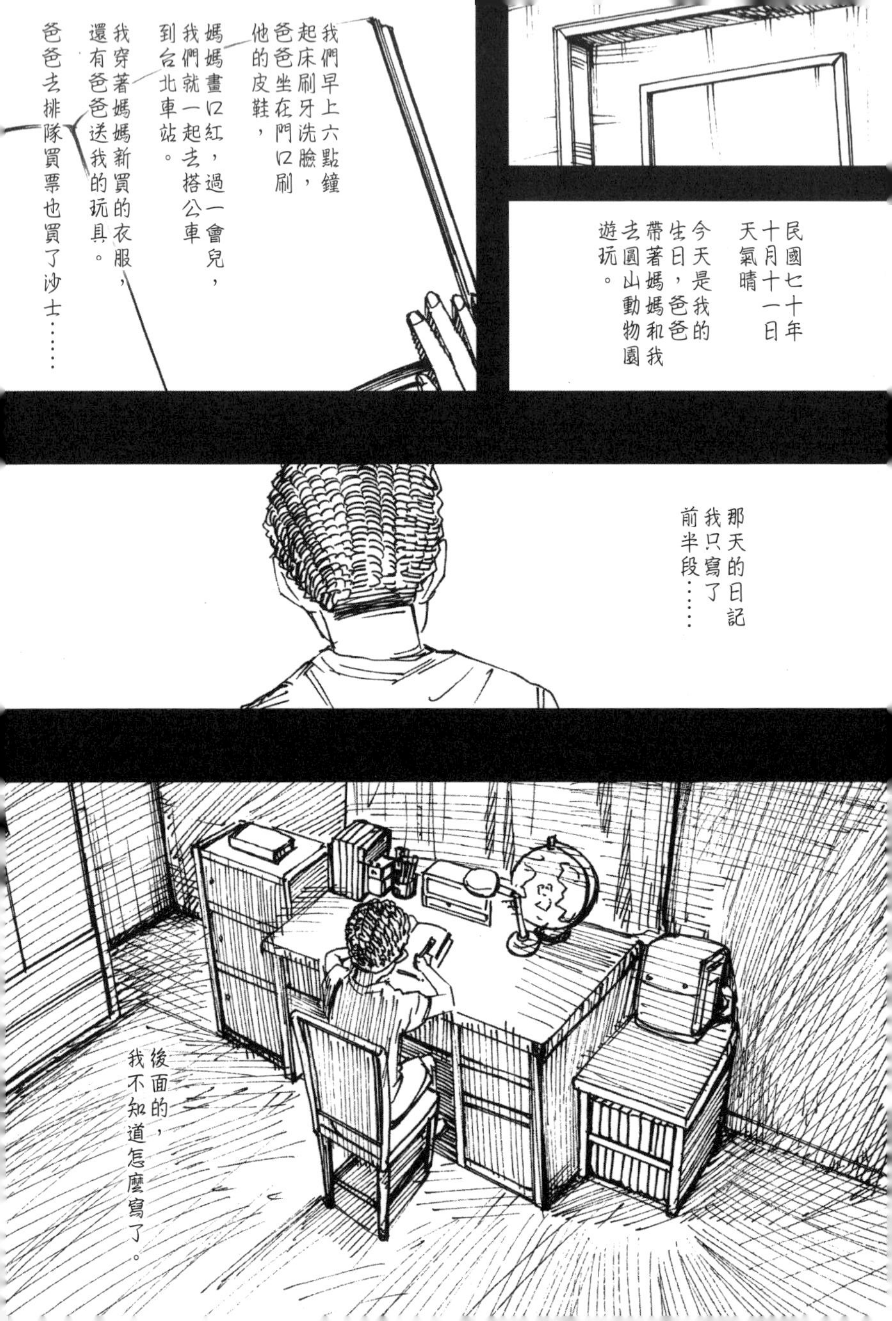
民國七十年
十月十一日
天氣晴
今天是我的
生日，爸爸
帶著媽媽和我
去圓山動物園
遊玩。
我們早上六點鐘
起床刷牙洗臉，
爸爸坐在門口刷
他的皮鞋，
媽媽畫口紅，過一會兒，
我們就一起去搭公車
到台北車站。
我穿著媽媽新買的衣服，
還有爸爸送我的玩具。
爸爸去排隊買票也買了沙士……
那天的日記
我只寫了
前半段……
後面的，
我不知道怎麼寫了。

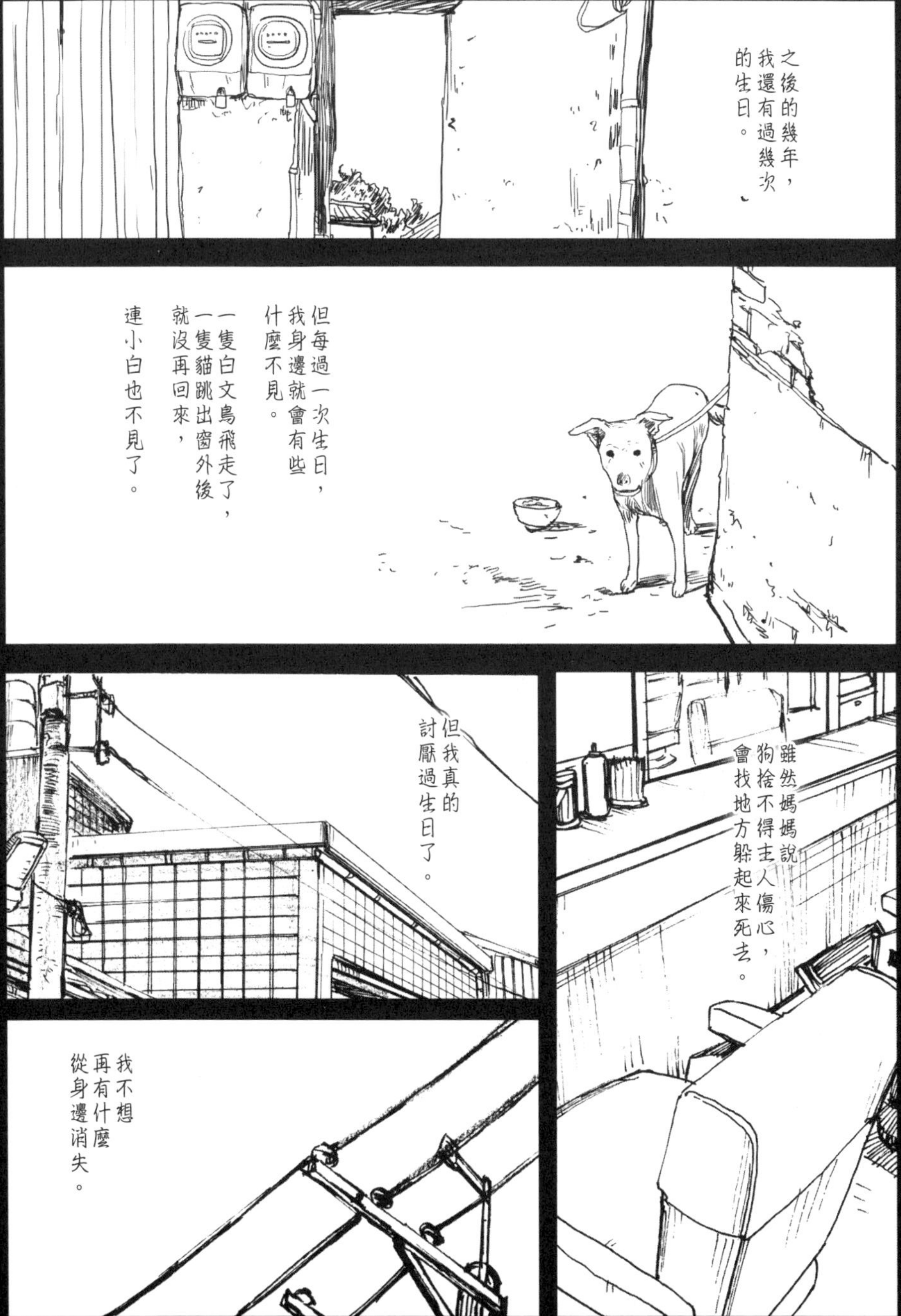
之後的幾年，我還有過幾次的生日。
但每過一次生日，我身邊就會有些什麼不見。
一隻白文鳥飛走了，一隻貓跳出窗外後就沒再回來，
連小白也不見了。
雖然媽媽說狗捨不得主人傷心，會找地方躲起來死去。
但我真的討厭過生日了。
我不想再有什麼從身邊消失。

CUT.2 煙火

Donghuachun Barbershop
東華春理髮廳

啾！
啾！
啾！
2009 10
嘿嘿嘿！
歐吉桑看你還不乖乖的束手就擒！
哈啾！
夭壽，
怎麼一股寒意！
不會是掃墓卡到陰吧……

阿彌陀螺！
趁有陽光淨化一下。
好了。
傷口好之前，洗頭、洗碗就交給我吧。
耶！啟立哥對我最好了！
不像那個臭歐吉桑，
老是叫我做這做那的。
甘按呢？
你很變態耶！幹麼偷聽人講話！
妳在背後說我壞話就不變態？
這週輪到妳掃廁所，還不快去！

玉蘭手受傷，我去洗吧。
哼！洗就洗！臭歐吉桑！
我就臭！怎樣——
你是很閒喔。
她可以戴塑膠手套啊。
師傅你對她會不會太嚴啊？
平常工作，假日還要讀進修班。
又不是只有她這樣，
我們總不可能讓她依賴一輩子吧。你也清楚⋯
習慣依賴後，就很難長大了。

上個月體檢報告出來了。
醫生說，三個月……
他說陳先生，你膽固醇過高，
這三個月要戒吃鹹酥雞！
幹——有夠慘！
吼！我以為是……
哭枵！
你那麼希望我得絕症喔！
不是啊！你幹麼演內心戲！
我不能醞釀棒賽的心情嘛！
去開門做生意啦！

這家店八點營業，可以進去了。
呃？我說錯什麼了嗎？
沒有，只是你人醜。
靠北喔！
啟立早啊——
早——咦？七公呢？
去賺錢了。

喵嗚！
妳覺得我該去嗎？
陳小花吃飯囉！
唔，妳好。
妳好。

慢慢吃。
阿姨也有養貓吧，
因為小花不太親近人。
嗯！工作的地方有六隻。
哇！
小花是貓媽媽搬家時被遺落的。
本以為貓媽媽丟下小孩很殘忍，
不過聽人說這是天性的自然淘汰。
感覺好無奈……
可是因為這樣，我跟小花才會相遇啊。

妳是來看煙火的嗎？
今天有很多觀光客。
迎向百年
煙火晚會
時間：10月10日 PM：18:00
地點：風箏公園
呃——煙火，嗯！對……
新任鎮長滿上道的，
去年辦卡拉OK晚會，超無聊。
掰掰！也許晚上會再相遇喔！
再見。
小花的碗
我要回去了，不然又被我哥唸。
阿姨，妳也喜歡玉蘭花嗎？
唔？

妳身上有玉蘭花的香味。
我家頂樓也有一棵喔，
是我爸很久以前種的。
喵嗚！
好啦——傍晚再來餵妳。
媽咪，那個阿姨在哭耶。
快走啦，上學遲到了！

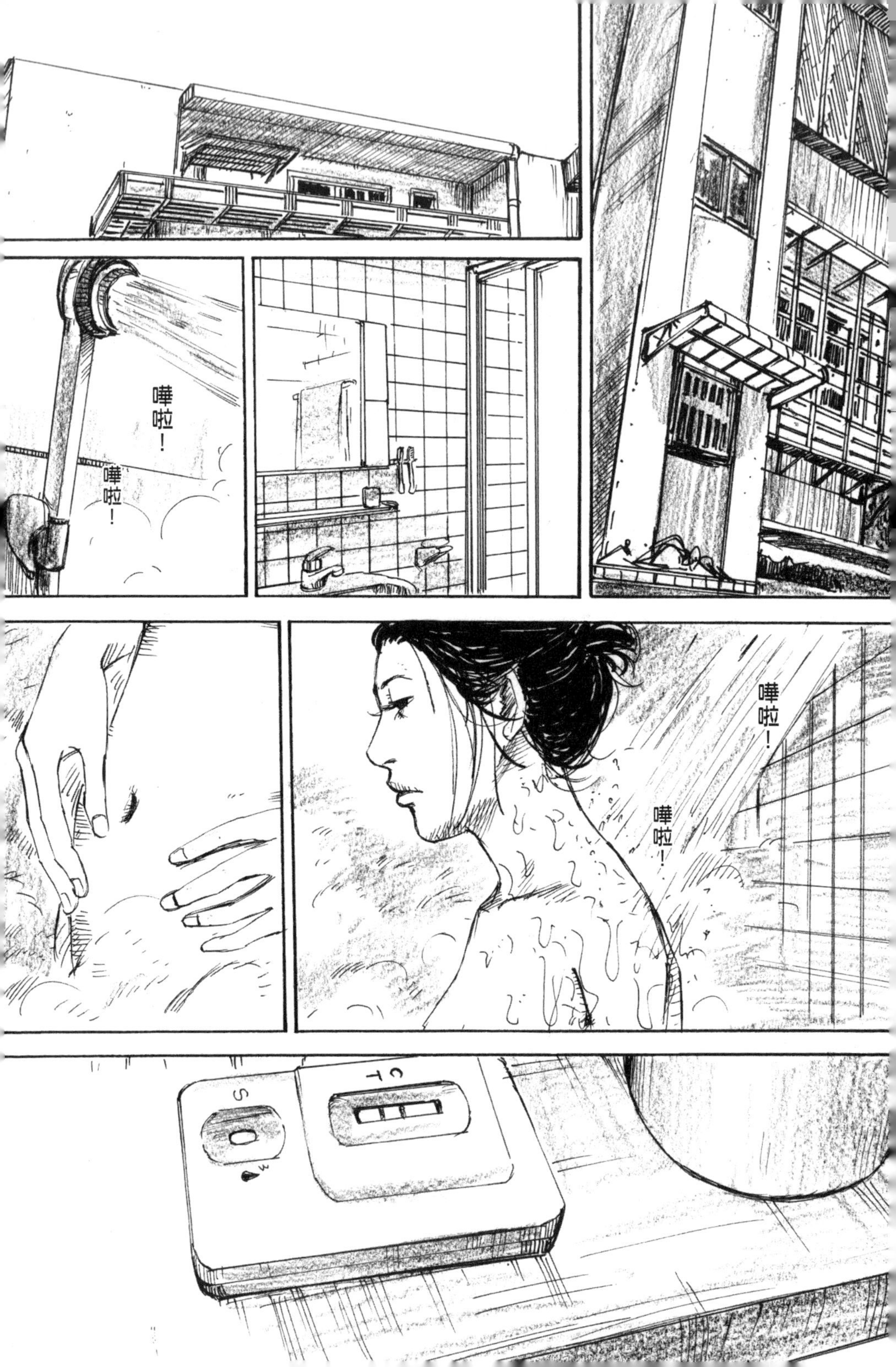
嘩啦！
嘩啦！
嘩啦！
嘩啦！
C
T
S

警察
POLICE
所長還在訓話喔？
是啊。
只是因為巡邏漏簽一個站點，
值勤臺
再說，他才剛請調過來。
所長最討厭把新到任當藉口的人。
菜鳥你自己繃緊一點。
所長果然跟傳聞一樣……
還要在這待兩年……
志彥，
在碎碎唸什麼？
啊！報告學姊，沒有！

你把晚上交通管制的配置表給我看一下。
是！所長。
晚上誰值勤？
是我。
妳不是排休？
大部分人手都被派出去支援了。
妳休假吧，晚上我留守。
呃！
就這麼決定，我去巡視一下場地。
唔……
所長，讓志彥去吧。
不用，國書你負責分派任務。
是！

有夠衰！
以為請調來這會比較涼的。
很快能適應的，加油喔！
這樣也被唸，太不近人情了。
學長，任務排班表。
唔……
那麼學長們，我休假囉！

東華春理髮廳
看煙火？
對啊，啟立哥一起去吧。
不找師傅一起嗎？
呿！歐吉桑說又不是吃飽太閒。
在頂樓就看得到了啊，幹麼去人擠人。
你有聽過為了看星星就去搭太空梭的嗎？
舉什麼歪理！
有點距離的才美，妳懂不懂！
那你離我遠一點啊！
又開始了……

很少人像我近看、遠觀都好看的。
歐吉桑你真的要去檢查眼睛了。
說到眼睛，前天不知道是誰把洗面乳當牙膏的！
那是因為包裝很像好嗎……
狀況有改善一點嗎？
好很多！多虧你定期來幫我治療。

你平常可以雙手扶著牆壁，慢慢往上伸展再回原位。
可以改善五十肩。
嗯！我來試試看。
我記得你跟我同年吧？
嗯，都六十五了。
請轉側身。
不過我看你身體還很勇健。
像我，別人看我什麼都有了，健康卻失去了。
實在是，人有一好無二好。
哎呀，那我不是更糟。
我連「看見」都失去了。
呵呵！

以前我老是只看遠處，卻忽略身邊的。結果遠處沒走到，身邊的也沒了。
每個人都會迷失啊……
當年我也是訂單還沒穩，就急著擴廠差點倒閉。
不過，我真的要感謝一個人；但我不認識他。
唔，感謝一個不認識的人？
嗯！很怪吧。
三十九歲那年擴廠後，所有資產都已經拿去抵押貸款，訂單卻出了問題。
眼看就要破產，不料突然來了一筆很大的訂單。

那真的是及時雨。
後來我輾轉得知，這張單子是因為前一家廠出狀況，才轉來我這。
我記得那個老闆的名字很特別……
叫做柴其恭。
其實我感謝的心情很矛盾，如果那家公司沒出問題……
當初我可能過不了那一關，現在也不會擁有這些。

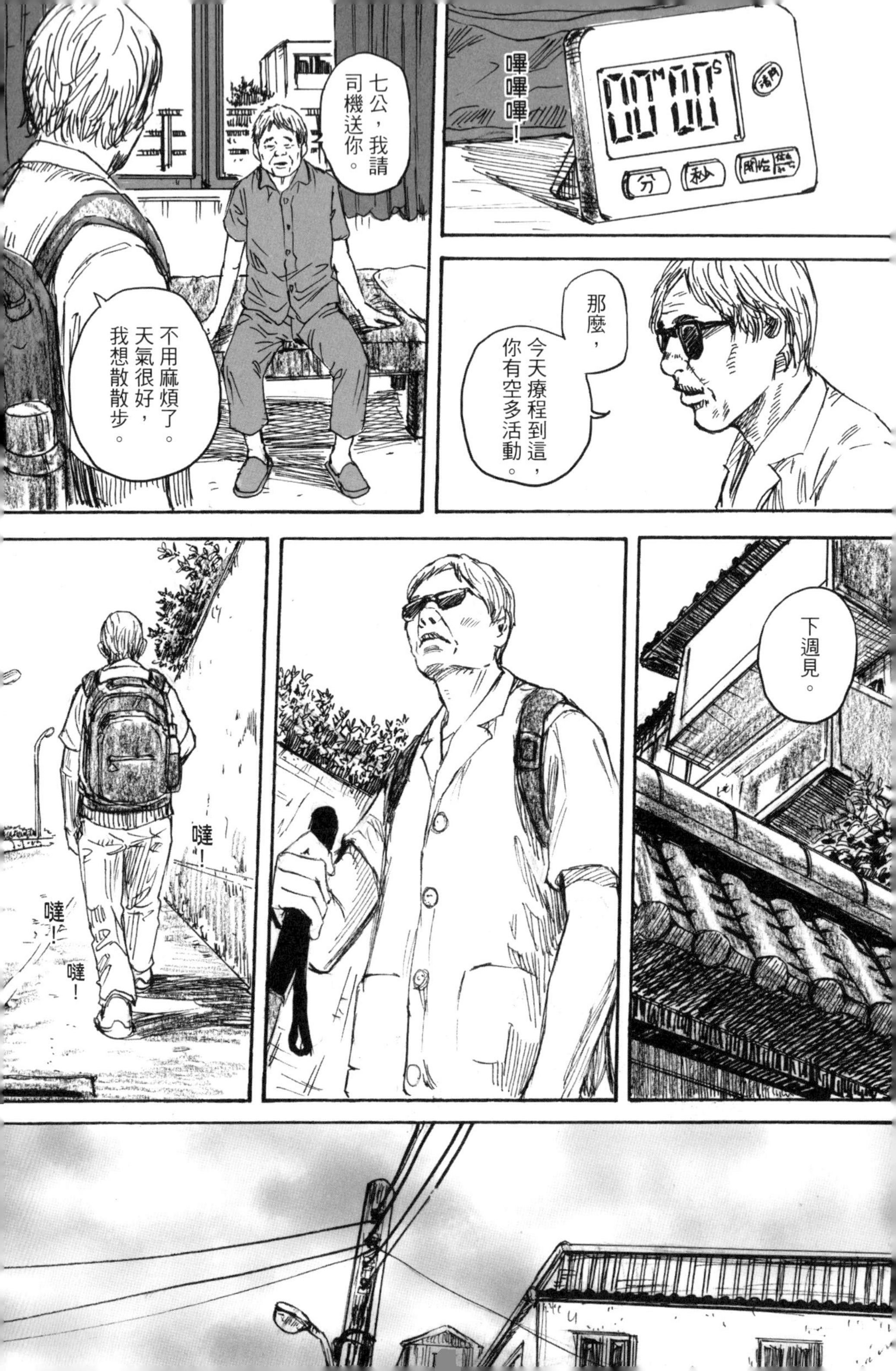

嗶嗶嗶！
00M00S
分
秒
那麼，今天療程到這，你有空多活動。
七公，我請司機送你。
不用麻煩了。天氣很好，我想散散步。
下週見。
噠！
噠！
噠！

會
啟立哥你看！
哇哇哇！人好多，好熱鬧耶！
這些燈好美喔。

這次活動辦得比想像中還要熱鬧。
看吧，幸虧我有找你來。
不過我早猜到歐吉桑不會來，這樣反而好辦。
啟立哥在看什麼？海邊有什麼嗎？
沒。
其實我是趁今晚約了福伯他們，來討論怎麼幫歐吉桑慶生。
呃！師傅不過生日的啊！

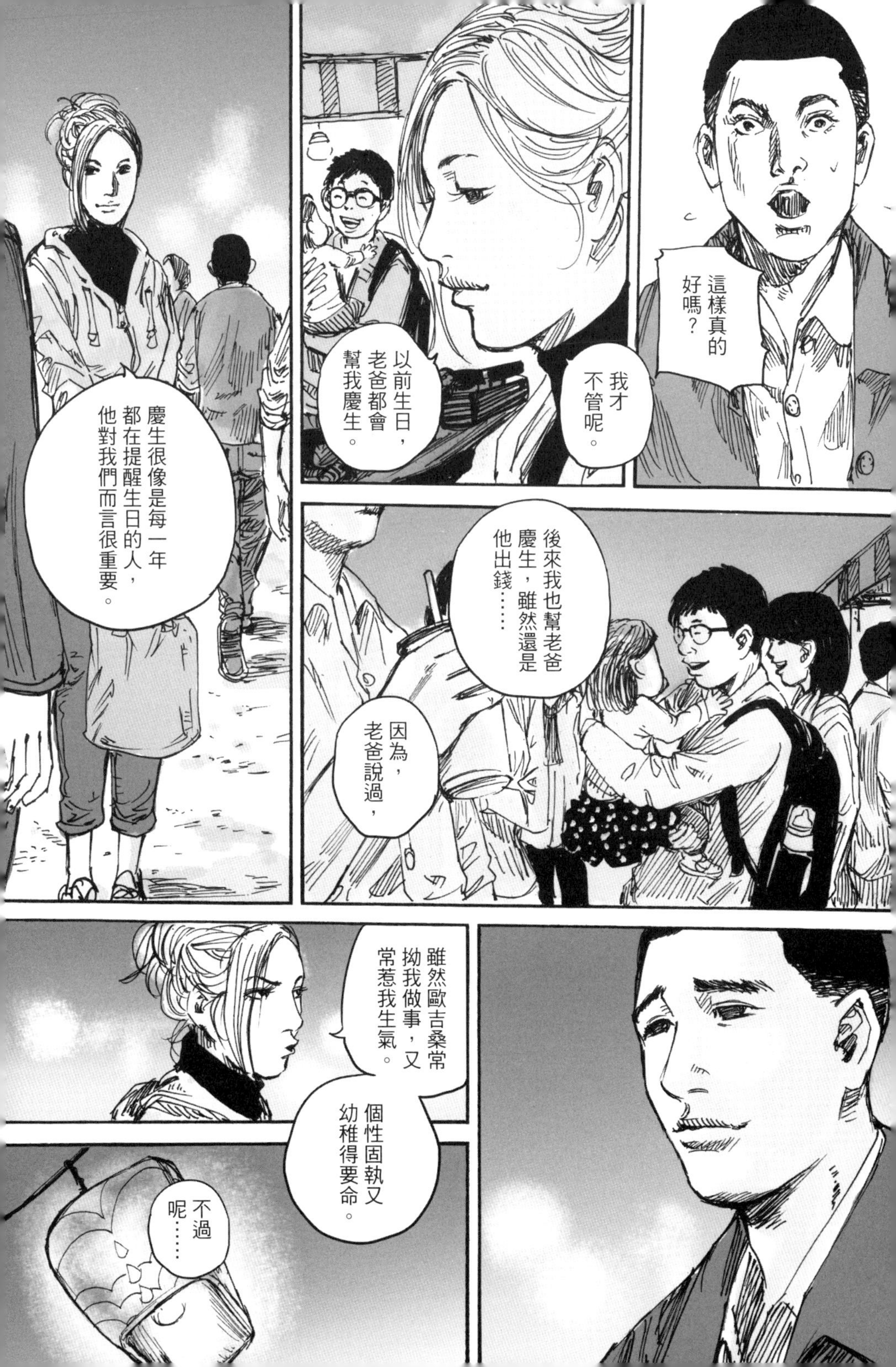
這樣真的好嗎？
我才不管呢。
以前生日，老爸都會幫我慶生。
後來我也幫老爸慶生，雖然還是他出錢……
因為，老爸說過，
慶生很像是每一年都在提醒生日的人，他對我們而言很重要。
雖然歐吉桑常拗我做事，又常惹我生氣。
個性固執又幼稚得要命。
不過呢……

誰叫他有我這麼一個無敵可愛善良的妹妹呢。
總之我把啟立哥列入慶生隊了，你逃不了的。
走！去跟福伯他們會合！
嗯。
要不要買些下酒菜啊？
快點！不然福伯釀的梅酒會被刀神他們喝光。
唉——我又不喝……

怎麼突然找我出來？
難道我只能等你找我，才能見面嗎？
我不是那個意思……
我記得，你第一次約我看海是前年的五月。
我說，晚上黑漆漆的什麼都看不到。
凌晨四點，店打烊的時候。
而你回我，看不到不代表海不在那裡。

我心想，這個人好假掰。這些話根本不像是從一個買醉的人嘴裡說出來的。
雖然我是常客，但妳還是委婉地拒絕我了。
當然啊，跟客人最好是保持距離。
印象中，你都是一個人坐在角落，喝著酒直到打烊。
讓我意外的是，
我打烊後經過這裡，你真的站在沙灘上，抽著菸看海。
我想說，他該不會想自殺吧。
沙！
沙！
沙！
如果自殺了，我等於見死不救。
我那時以為妳出現，是改變心意了。
不，我只是擔心，還有好奇……
但是人一好奇，就容易陷了進去。

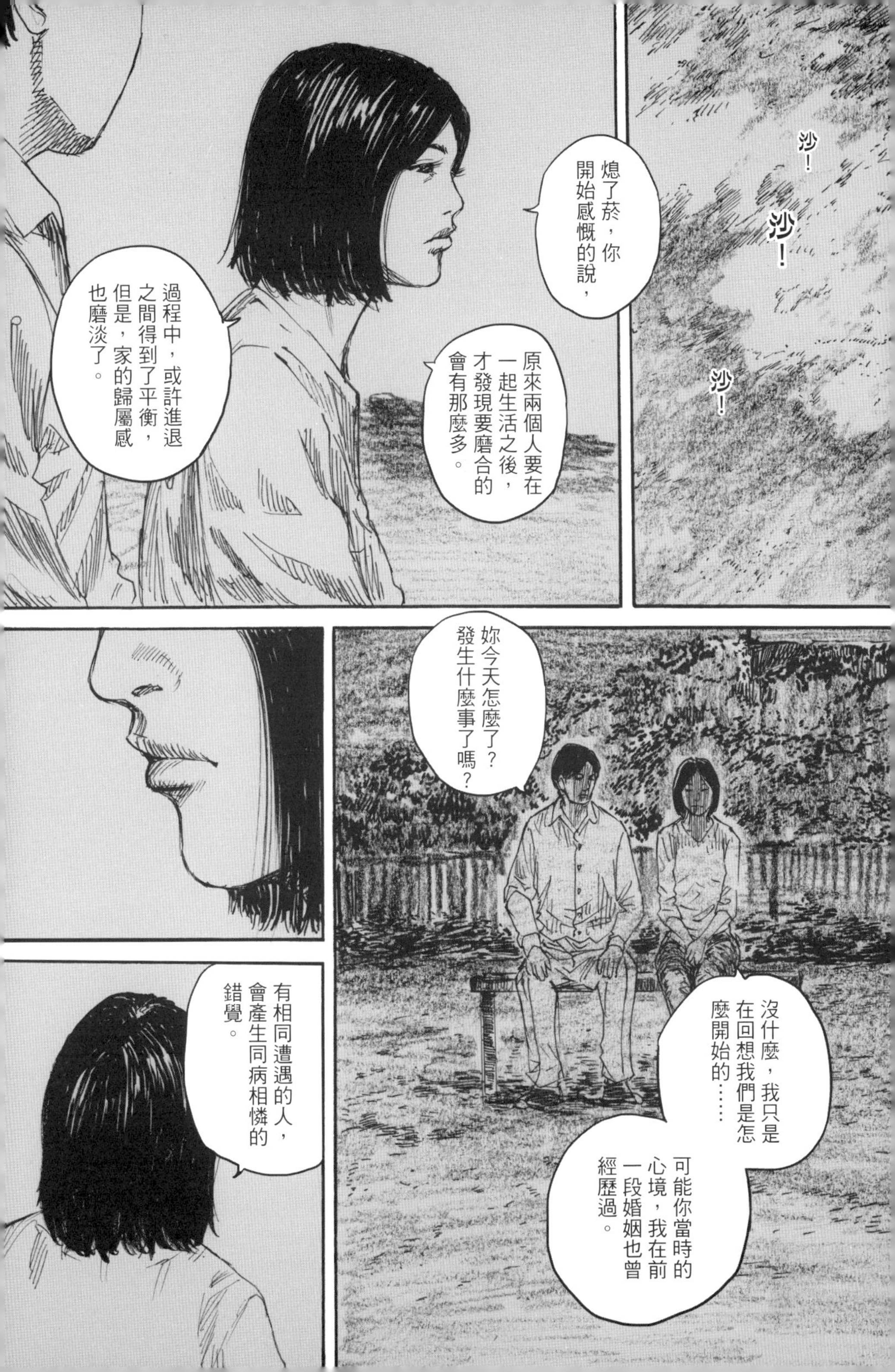
沙！
沙！
沙！
熄了菸，你開始感慨的說，
原來兩個人要在一起生活之後，才發現要磨合的會有那麼多。
過程中，或許進退之間得到了平衡，但是，家的歸屬感也磨淡了。
妳今天怎麼了？發生什麼事了嗎？
沒什麼，我只是在回想我們是怎麼開始的……
可能你當時的心境，我在前一段婚姻也曾經歷過。
有相同遭遇的人，會產生同病相憐的錯覺。

所以，我逐漸忽略我們之間的距離。
我們是這樣開始的……
尚義，
我們一開始就像扣錯鈕扣一樣，衣服再合身，別人也會看出是歪斜的。
妳又要開始吵這個了嗎？
我說過，再給我一點時間。
……
有些牽絆，
是像水一樣切不斷的。
我清楚自己的個性。
一直以來我都是看你有多為難，來衡量你有多在乎我。
你無法應付兩邊的為難的。

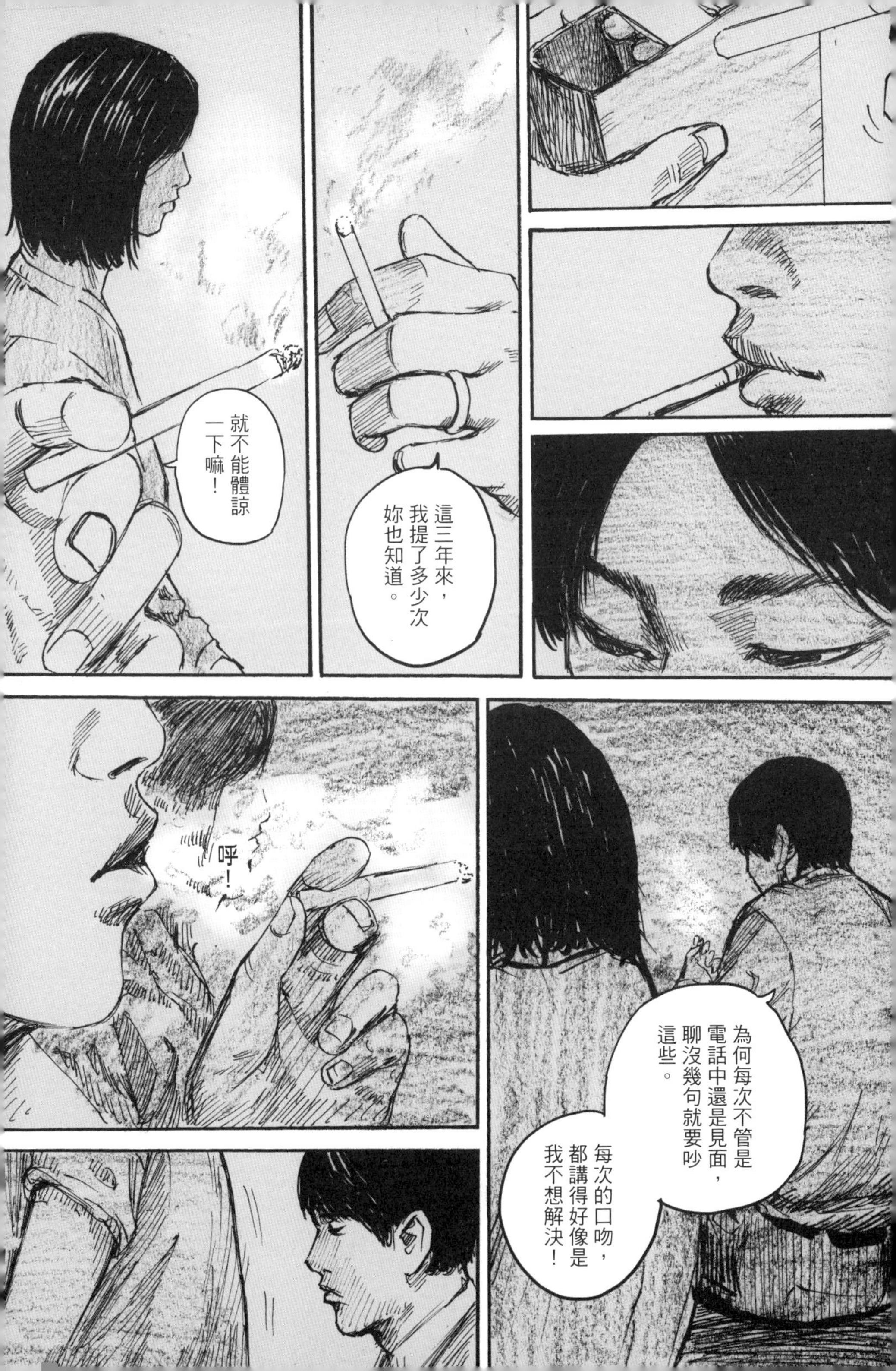

就不能體諒一下嘛！
這三年來，我提了多少次妳也知道。
呼！
為何每次不管是電話中還是見面，聊沒幾句就要吵這些。
每次的口吻，都講得好像是我不想解決！

我們還沒在一起生活，
就把彼此的歸屬感磨淡了。
鈴鈴鈴！
鈴鈴鈴！
妳聽我說……

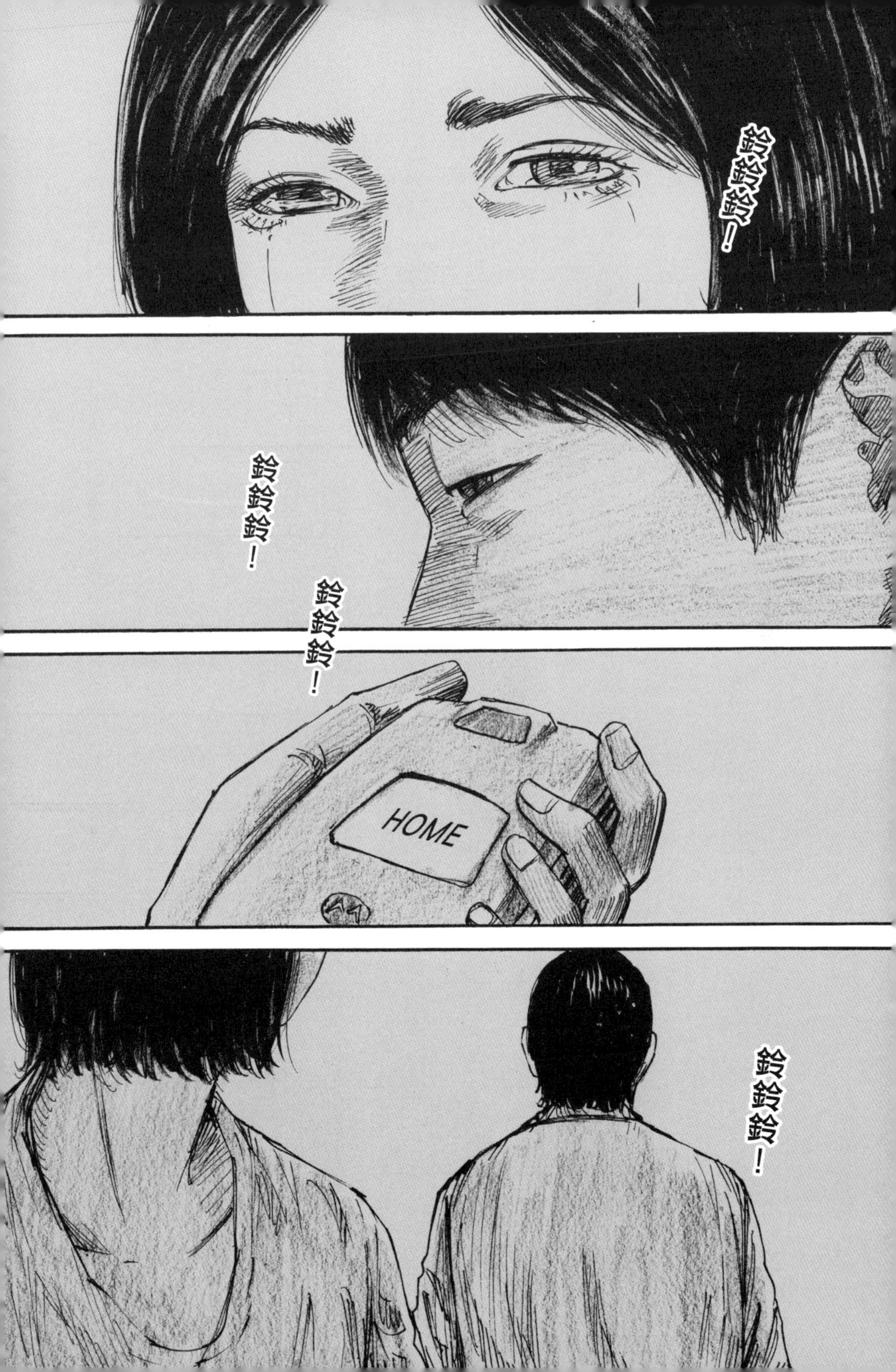
鈴鈴鈴！
鈴鈴鈴！
鈴鈴鈴！
HOME
鈴鈴鈴！

喂！
又開始發燒……
嗯，好……
沙！
沙！
沙！
沙！
沙！

沙！
沙！
沙！
沙！
沙！
沙！
沙！
沙！

東華
枕頭套幾百年沒換了！
我都聽見塵蟎在歡慶建國五百年了！
怎麼會有女生這麼邋遢……
垃圾也不倒，是要研發生化武器喔。
唔？

2009 10
日 一 二 三 四 五 六
1 2 3
4 5 6 7 8 9 10
11 12 13 14 15 16 17
18 19 20 21 22 23 24
25 26 27 28 29 30 31
眾神明啊，是她抽屜沒關好，不是我要偷看的喔。
這個笨蛋……
你在做什麼！
哇啊啊！阿娘喂！
呃！
我只有看到一咪咪……

你在做什麼！我都乾了，你也要乾杯啊！
哈哈！快倒酒啊！
我咧！她怎麼醉成這樣！
喝很多嗎？
我沒算耶。
她說福伯釀的酒很好喝，就一直敬酒一直續杯。
真的是……
你先回家吧，我來弄她。
好，師傅，那我走囉。

怎麼笨成這樣，沒酒量還不懂斟酌。
OK繃溼了也不換，爛掉妳就別唉唉叫。
嘖！床單跟枕頭套才剛換乾淨的。
想吐就吐桶子，聽到沒？
看來是沒聽到……
真的是一個麻煩帶原者。

硍！哪有四十歲。
明明才三十九……
40剩一張嘴
生日快樂
2009 10
結果煙火沒看到……
不過在討論慶生時，玉蘭笑得跟煙火一樣綻放。
希望師傅別要個性，一切順利……
唔！

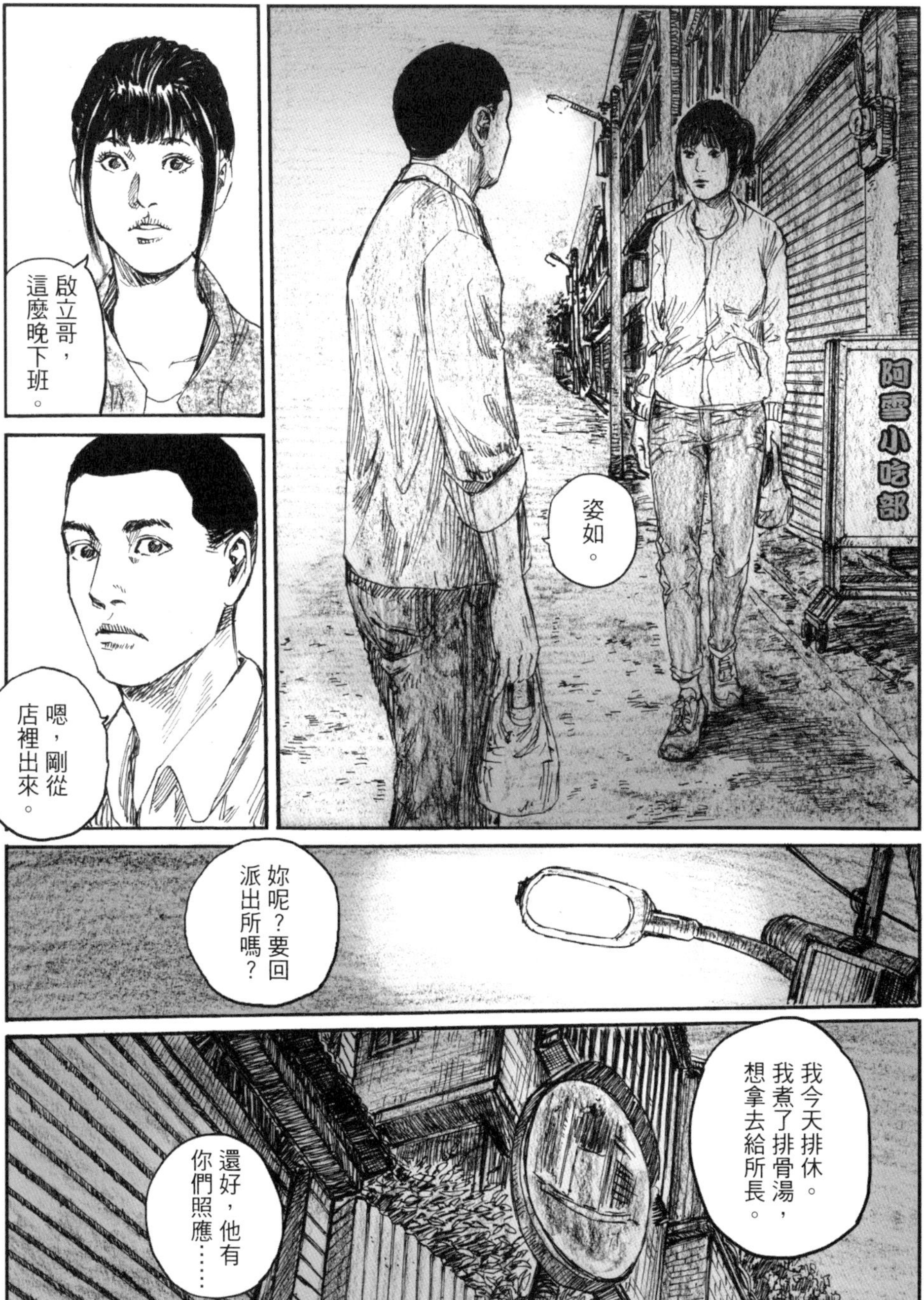
姿如。
啟立哥，這麼晚下班。
嗯，剛從店裡出來。
阿雪小吃部
妳呢？要回派出所嗎？
我今天排休。我煮了排骨湯，想拿去給所長。
還好，他有你們照應……

不過所長很排斥啊。
我們都想幫忙分擔他的工作，他老是拒絕。
上週他重感冒，叫他放假休息，好像要他的命一樣。
也不想想自己都六十歲了。
我猜，他可能覺得溝通的時間，自己都做好了。
哈！沒錯！該怎麼形容所長呢……
……
像有稜有角的石頭。
哈哈！形容得很貼切。

姿如，我往這邊走。
好，啟立哥晚安。
我記得那個刺青，不過他不記得我了吧。
所長，喝排骨湯囉。

所長！
所長……

不會過個生日又……
但是她想幫我慶生，連卡片都做了。
1019
真的可以嗎？
東
可是，我要遷就她嗎？我是大哥耶！
不過她為了做卡片都割到手了，
拒絕是不是太殘忍了……
嘖，讓中正決定吧。

扣！
廳
扣！
扣！
硍！居然逃走了！
扣！
唔……

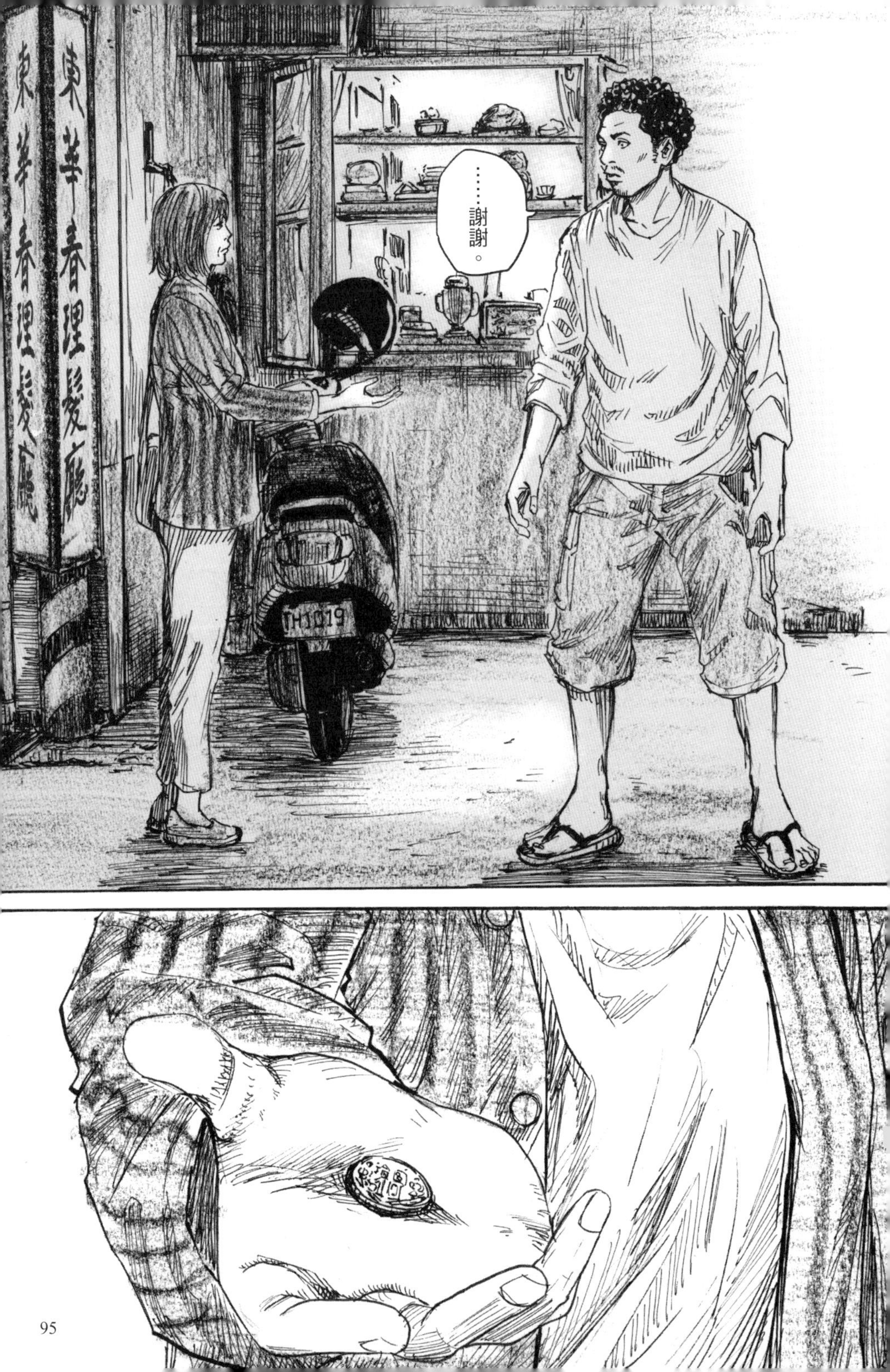
東華春理髮廳
東華春理髮廳
……謝謝。
TH1019

人生如戲
過程猶如
空中之音
相中之色
水中之月
鏡中之象
虛實真假
戲如人生
十三元題
東華春大戲院
今日放映
團圓
妳不是已經出來十幾年了，怎麼今天才回來？
唉——我想東哥一直沒搬家，就是在等妳一家團圓。
玉蘭的部分拿走了，這些是他留給妳的。
……謝謝房東。

當玉蘭問妳
為何不一起回家時，
我從妳的眼神知道，
那是最後一次面會了。
大概上了國中後，
玉蘭有了自己的朋友圈，
漸漸的就沒再問關於妳的事。
應該也是長大了，
所有得不到答案的疑問，
都會藏著。
我清楚，
妳不回來一定有妳的顧慮。
我自己也是個離開的人。

我很少談起妳。
玉蘭會在心裡拼湊妳的樣子，
但我不認為讓她從我的口中去認識妳是好的。
留給妳的東西，可以讓不熟悉的妳們有個開始。
我的生命比我以為的短了很多。
遺憾的是，我把很多時間都浪費在躊躇。

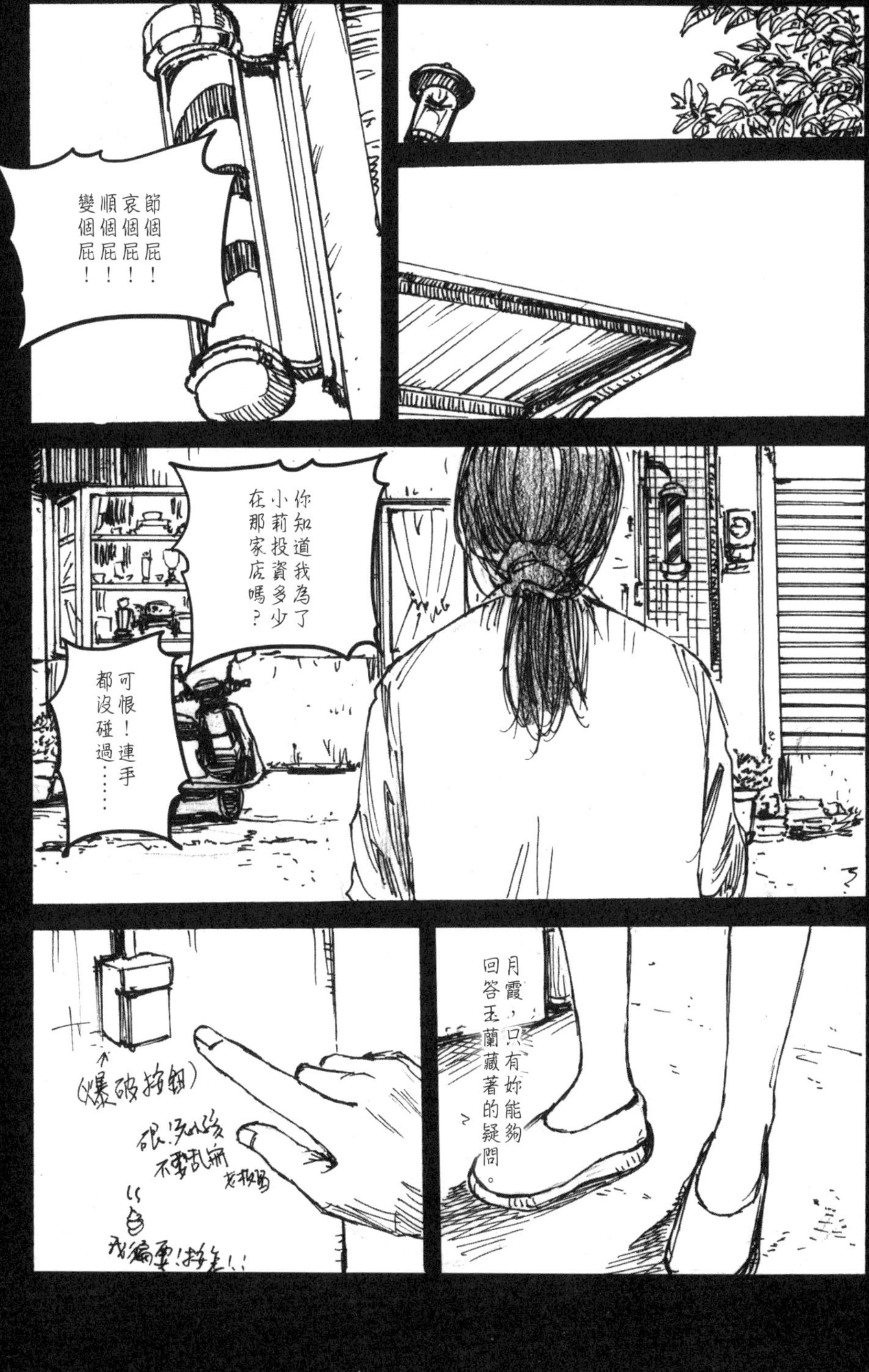
節個屁！哀個屁！順個屁！變個屁！
你知道我為了小莉投資多少在那家店嗎？
可恨！連手都沒碰過……
月霞，只有妳能夠回答玉蘭藏著的疑問。
(爆破按鈕)

誰呀？來囉！
呼！歐吉桑吵死了——
這什麼？
歐吉桑有你的包裹耶——
包個屁！我沒心情理那個！

當妳顧慮那些
失去的時間，
只會讓自己再度錯過。
喵嗚！
人經常都花了幾十年，
甚至更久才遇見彼此。
重要的是
相遇之後的開始。
振東 筆

人生如戲
過程猶如
空中之音
相中之色
水中之月
鏡中之象
虛實真假
戲如人生
十三元 題
東華春大戲院
今日放映
刺青
小黃，慢慢吃。
牠的名字叫小四。
牠的哥哥妹妹都被抓走了。
原來叫小四啊。
禁止餵食流浪狗，維護整潔

喔！你說的那個小女生叫阿如啦。
就住在頂樓雅房左邊第四間。
你怎麼知道？
你剛搬來所以不清楚，不過住這附近的都知道她是被留下來的。
被留下來？什麼意思？
啊就她爸用老婆名字跟我們錢莊借了錢後跑路。結果……
媽媽帶著小孩燒炭，帶走了哥哥、妹妹。
她命大沒死，所以我們都說她是被留下來的。
現在跟阿嬤住，靠救濟金跟賣玉蘭花生活。
啟立同學，接下來有什麼打算？

我一直記得你拿鉛筆狂刺肥強的狠勁。怎樣？要不要跟我？
有提供免費的鉛筆嗎？牌子要小天使的，別的我用不慣。
幹！你也滿會講屁話的耶！
跟你學的。
鐵雄。
衝啥？
我覺得十八歲了，有些事可以做，但有些事不該做了。
還敢講我！我混的人都沒刺青了，你刺心酸的喔。
是啊。我真的是刺心酸的。

小四！吃飯了！
唔！
當初是妳救小四的嗎？
牠跑來找我的。
以前，媽媽都會帶我來餵牠們，所以記得我吧。
小四能聞出誰是壞人；是壞人，牠就會跑走。
哇！這麼厲害。
所以，你是好人。
雖然大家都說你跟鐵雄哥被關過。
手還有刺青，是壞人……
不過，我相信小四。

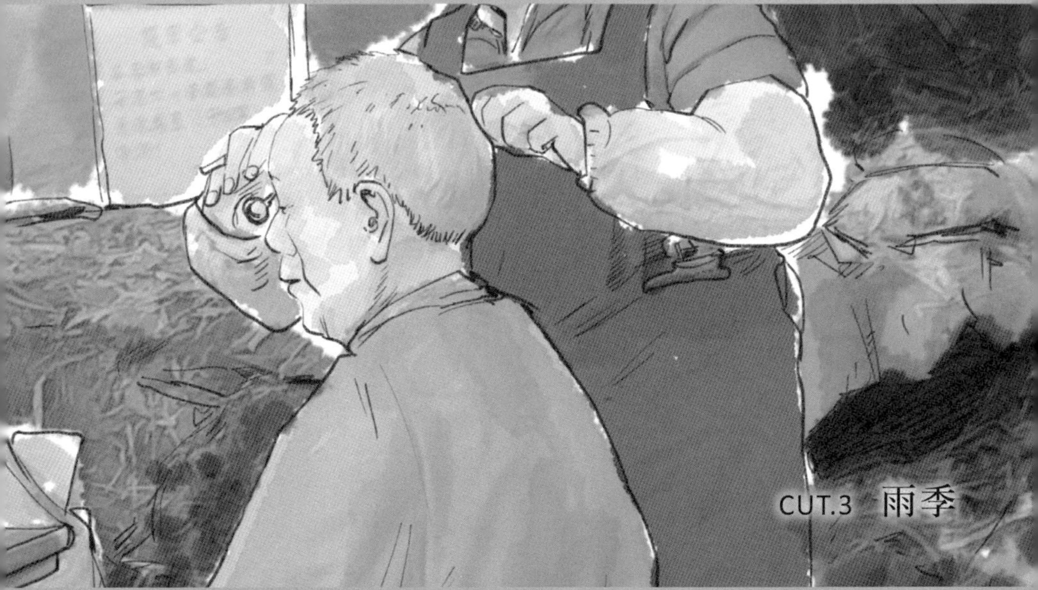

CUT.3　雨季

Donghuachun Barbershop
東華春理髮廳

阿霞！
有人找妳喔。
是玉蘭嗎？
好，謝謝！
吸──

玉蘭花園
廠
早安！

唔！
妳還好吧？
玉蘭
抱歉！突然來訪。
玉蘭花園
光・住宿・露營・餐飲
不會，昨晚我突然造訪才冒昧。
這裡根本是渡假村……
我咧，好多獎狀。
唔！她是負責人。
負責人：林月霞
出生年月日：民國
身份證字號：G22
戶籍地址：宜蘭縣
核准證號：宜字第

原來種玉蘭花這麼有搞頭啊！
我剪顆頭才一百元，好心酸……
我剛剛愣住，
不是因為你突然來訪，
是因為愈看愈覺得你跟振東很像，
無論是身形，還是看人的眼神。
加上這件外套，他有一件一模一樣的。
老頭有這個癖沒錯，他的東西幾乎都是固定牌子的。

還有他聽的唱片。
沒錯！
都沒在考慮別人膩不膩！
搞不懂怎麼會有這種怪人……
那個……為什麼？
為什麼妳過了這麼久才來找玉蘭？
還是老頭他故意跟妳切斷聯繫？

其實我知道他們一直住在以前的房子。
閉上眼睛，還能細數房間裡的所有陳設。
那……為什麼不回去團聚？
我不想因為我的前科，影響了玉蘭。

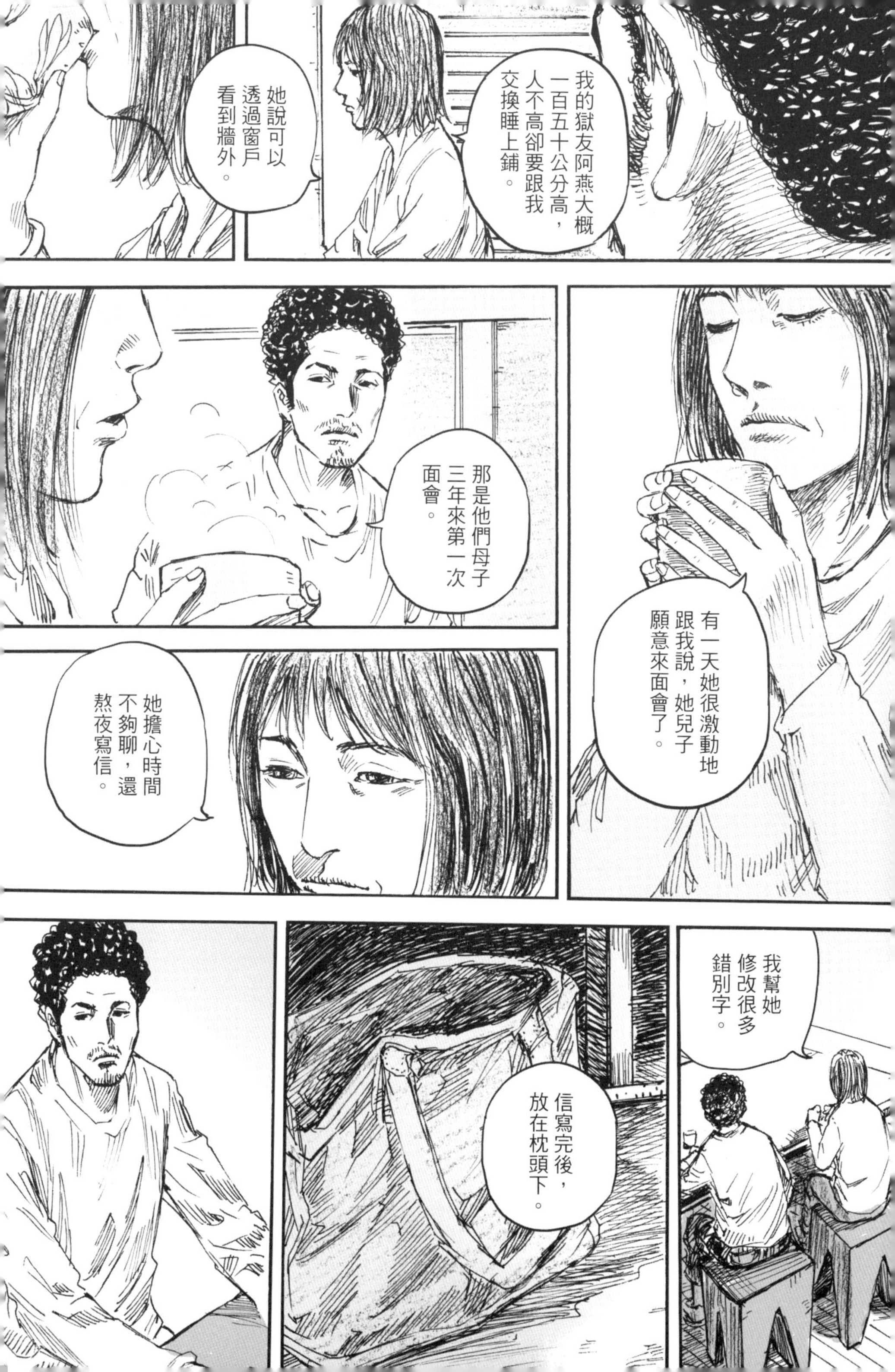
我的獄友阿燕大概一百五十公分高，人不高卻要跟我交換睡上鋪。
她說可以透過窗戶看到牆外。
有一天她很激動地跟我說，她兒子願意來面會了。
那是他們母子三年來第一次面會。
她擔心時間不夠聊，還熬夜寫信。
我幫她修改很多錯別字。
信寫完後，放在枕頭下。

她兒子來了，
不過只見了幾秒，臨走時留下一封信。
信上說，家人受不了老是被人指指點點，已經搬家也辦了轉學。
希望她出獄後，不要試圖找他們。
阿燕苦笑著說，自己一出生就是腫瘤，只是良性轉惡性。
我看過、聽過太多這樣的例子了……
可以問妳一件事嗎？

我爸跟妳在一起時，不知道妳被判刑嗎？
老實說，連我也不知道自己被通緝。
呃！冒昧問一下，妳是犯了什麼罪……
歹勢，我必須搞清楚。
不用道歉，我知道你今天來，主要是想弄清楚所有事。

那天早上和往常一樣，
你爸和玉蘭在家，我出門買菜。
常去的那家肉鬆攤，老闆開刀住院。
老闆擔心老主顧撲空，叫休假的兒子跟母親一起顧攤。他兒子是警察。
我才知道自己被通緝了。

為了快點結束上一段婚姻，我答應前夫把我的公司無條件給他。
簽字期間我因憂鬱症住院治療，
所以沒察覺前夫偷偷用我的名義謊稱公司即將上櫃，
並且在吸收資金後，捲款潛逃。
當時妳的家人沒出面？
所以，這些事都是在遇見我爸之前發生的。
我就是為了前夫才跟家裡鬧翻，斷絕聯絡。很可笑吧……

我的個性跟我父親一樣倔強，
算命的都說我們的命是互剋的。
這樣可以解釋玉蘭為何那麼倔了，原來真相就是家族遺傳啊。
本以為從此跟家裡斷絕了關係，
沒想到他輾轉聽到我的狀況後，修改遺囑，把這塊玉蘭花園留給我。
於是我回到這裡重新開始，用這塊玉蘭花園幫助更生人還有弱勢家庭。

你還想知道什麼都可以問。
沒了。
我在想，其實老頭可以把東西都留給玉蘭，
他過世之後，讓玉蘭直接去找妳。
幹麼要送到我這，繞這麼一圈？
他好像就是這樣，話不多，也沒什麼情緒，抓不到他在想什麼。
身旁的人像在猜謎，但他也不是為了要被猜出答案。

或許連他自己也沒有答案。
在我被判刑確定後，他說他跟玉蘭會等我。我問他為什麼？
他沉默一下後說，決定要這麼做時，『為什麼』已經過去了，不重要了。
就像你說的，他是個怪人。
請問，你把袋子拿回來……
是不希望讓玉蘭知道我嗎？

不好意思！昨晚我先偷看了裡面有什麼。
袋子裡是玉蘭三歲到十七歲的生日禮物吧。
不過生日卡片我有忍住沒看……
我覺得……

生日禮物最好是親自送比較好啦。

雖然玉蘭被老頭寵得有點傲嬌，
不過還算體貼善解人意。
那我告辭了，謝謝妳的茶。
陳先生！
你是個好大哥。

你父親一定是這麼認為，才會讓玉蘭去東華春。

你叫我小華就好了。
這趟來，除了想了解妳之外，其實我也……
留下來吃午飯吧，順便聊聊你爸的事。
謝謝。

手機放哪了？
夢娜姊，歐吉桑有來這嗎？
今天再去辦新的……

有在海邊嗎？
妳要去哪？我載妳呀。
找過了，青蚵嫂說早上有看到他騎車經過。
他最好別給我搞失蹤！
不用麻煩，我搭公車。
不會啦，快點！
謝啦。
妳放著啟立一個人顧店沒關係嗎？
哈！啟立哥也不在，唐伯住院，他去照顧他。
呃！那理髮廳誰顧……

歡迎光臨東華春！
呃……陳玉蘭在嗎？
她下午才回來喔。
喔，那我們下午再來……
小弟弟，進來坐嘛——
大家同是街坊鄰居，別見外。

東春理髮廳
你們是玉蘭的同學嗎？
是……
是不是想追我們家玉蘭？
呃……
知道鄧麗君嗎？
不太熟……
那你們賺到了！這些叔伯都是她的鐵粉。
可是我們不住這裡……
沒關係，四海之內皆兄弟嘛。

你醒啦！有沒有哪裡不舒服？
昨晚嚇死我了，幸好啟立哥沒走遠。
他陪你一整晚，我叫他先回去休息一下。
我自己擦。
妳去幫我辦出院。
真的很愛逞強耶……

不行啦！醫生說你要住院觀察。
我自己的身體我自己清楚！
如果你真的清楚，昨晚就不會暈倒被送到這裡了。
我煮了粥，先吃點。
隔壁的，我勸你要聽兒子跟媳婦的話啦。

李阿伯，要復健了喔。
喔！
我的置物櫃有備用眼鏡，幫我拿來。
身體有問題就快治好，不然只會拖累晚輩更多。
大家都要賺錢，到時候沒人有空理你。

那我去拿，啟立哥在這陪你。
你們都去，我手腳還能動。
剛才好尷尬喔。
連所長都愣住了，哈哈！
唔！沒事。
你沒事吧？
孕婦健康手冊

媽咪去領藥，你跟爸比在這等喔。

心裡打定主意的
結束，
都是自欺欺人。
要等到不在意的那天，
才算真正的結束。
不過必須花點時間。
離開感情所需的時間，
大多會比待在感情裡更久。

警察
POLICE
所長的兒子就是在那家醫院過世的！
怪不得他不想待在那。
啟立的媽媽也是。
總之，那一晚發生很多事。

有找到嗎？
唔！那是什麼？石頭嗎？
有，謝謝。
第一次看到所長的置物櫃，好整齊。

沙
沙

很久之後，
我才知道那只是
浴缸敲碎後留下的彩石。
但是媽媽把它當寶物
收在五斗櫃裡。
煙火那天，
我看見那座橋還在。
我沒再走過，
我知道它仍通往沙灘，
但走不到以前。

珍香烘培坊

原來老頭那時的狀況已經……
怪不得他離開後，老媽反而有鬆一口氣的感覺……
40
硍！雨怎麼突然變大啦！內褲都溼了。
喀滋！
唔？

幹！

生日快樂！
YA！
生日快樂
……
小華，你去買披薩喔。
幹！你眼睛脫窗喔，他不是小華啦！

都七點半了，也不知道小華幾點才到家。
噗！
手機打不通，好像關機。
我八點要離開，小莉一個人在家我不放心。
歐吉桑，你該不會給我搞失蹤吧……
他一定是被什麼耽擱了。
？
他會遲到，不過他一定會出現的。
Pizza Hut

雖然妳哥有時候滿孬的，
碰到不想面對的事，會故意叉開話題，也會躲起來。
他做決定會比一般人慢，
認識比較久的人，就知道他在釐清自己的思緒。
但決定後，也會比一般人堅持，當然也更固執。
可是到目前為止，我只看到他頑固的一面，哈！
我們邊吃邊等他吧。

讓
前有幹道
幹！等那麼久，連一台車都沒有經過。
每次新聞老是說哪裡哪裡大塞車。車咧？
呼呼！
當兵下部隊都沒這麼操……

唐先生的報告結果是腦中風的前兆。
今晚我留下來陪所長。
如果再不按時服用降血壓的藥，就難擔保下次會遇到什麼狀況。
還是我留下吧，你們都有勤務要忙。
明天可以辦出院了。

學長回家陪小孩吧。
我去買警局旁那家清燉牛肉麵，所長的最愛。
我留下來幫忙。
嗯。
姿如不用麻煩，我去買就好。
雨好像會變更大，你搭國書哥的車回家吧。
放心，我一個人沒問題的。
那交給你了。
姿如妳去拿包包吧。
喔——

啟立，我們認識也很久了。
我知道你一向不喜歡麻煩別人。
不過我在想，
會不會是你不太願意，也害怕跟人建立起關係。
別像所長……把自己的世界，只分成自己跟其他人。
學長走吧。
好。

啟立哥，有需要隨時聯絡喔。
嗯！

刷!
刷!
可惡!

臭歐吉桑連一通電話也沒有！
就算手機沒電，不會用公用電話打喔！
害我整晚超尷尬……
還好夢娜姊幫我招呼大家。
等他回來我一定……

喲！
……

為什麼沒穿衣服啦？你變態喔！
不是還有內褲嘛！
沒看到我溼透了喔！

東華春理
為什麼不打電話回來！全世界都在等你耶！
手機沒電了啊！最好九彎十八拐有電話可以打啦！
生日快樂
對了！門口花圈是怎樣啦？
哈哈哈！那是葬儀社建良哥送的。
哏！明年我一定回送罐頭塔給他！
你先穿衣服啦，這樣很奇怪耶！
又沒規定壽星不能裸體！呿！

人生如戲
過程猶如
空中之音
相中之色
水中之月
鏡中之象
虛實真假
戲如人生
十三元 題
東華春大戲院
今日放映
一日一生
歹勢。
最後一串被這位先生買走了。
給妳吧。
沒關係，我再去找就好。

這個女的，本來都是每天一大早開車來跟我買。
最近都是快中午，用走的來。
感覺她心情不好，但我也不好意思多問。
我不想再跟他談了。只要他肯簽字，什麼都給他，就這樣！
欸！小姐等一下！
昨天那個先生買了兩串，說要給妳。
……

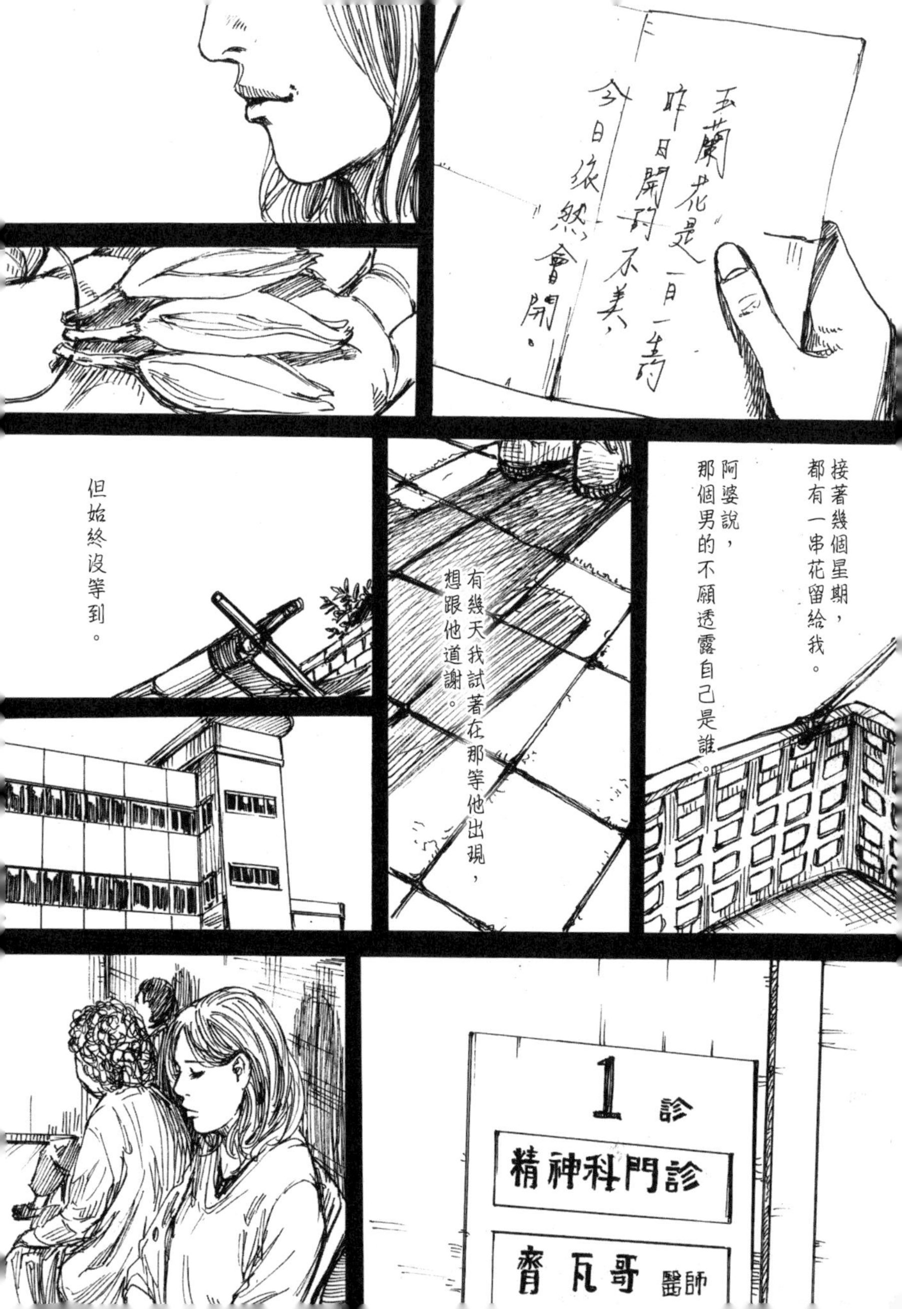

"玉蘭花"是一日一寿
昨日開時不美，
今日依然會開。
接著幾個星期，
都有一串花留給我。
阿婆說，
那個男的不願透露自己是誰。
有幾天我試著在那等他出現，
想跟他道謝。
但始終沒等到。
1 診
精神科門診
齊瓦哥 醫師

陳先生在嗎？
陳振東先生。
我在！
這張批價領藥，這張是複診單。
謝謝。

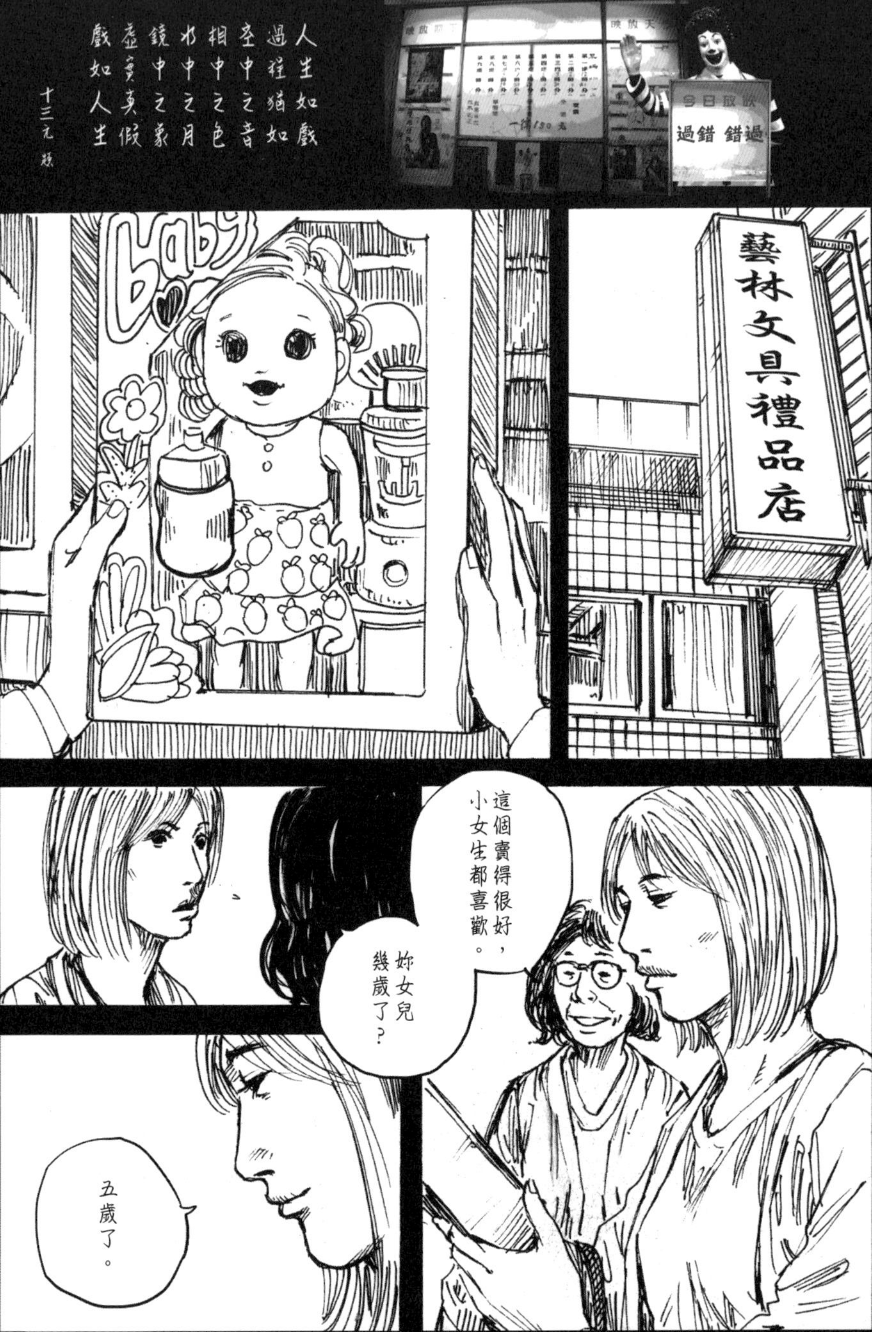人生如戲
過程猶如
空中之音
相中之色
水中之月
鏡中之象
虛實真假
戲如人生
十三元 題
今日放映
過錯 錯過
藝林文具禮品店
這個賣得很好，小女生都喜歡。
妳女兒幾歲了？
五歲了。

可以幫我包裝嗎？
那卡片先不用了……
包裝紙另計喔，總共是五百二十元。
妳剛掉了二十元。
老闆我的剛好一百，不用找。
謝謝惠顧。
我幫妳包，妳稍等一下。
國中測驗參考書

呼！
先生！
先生謝謝！
真的很謝謝你！
碬！這個夢娜實在是……
說什麼想不想跟我共渡三天兩夜呀，結果是拉我來參加偏鄉義剪團。
江湖險惡，人心難測啊！

靠北！怎麼又騎回原地！
硍！這裡是迷宮嗎？
等一下邀請房東一起慶祝生日好不好？
好啊！他以前有買叭噗給我吃喔。
嗯！
唔！
爸比你看，天空有玉蘭花耶。

玉蘭
玉蘭，我是媽媽……
玉蘭，生日快樂！我是媽媽。
玉蘭，我回來了。我是媽媽……
吸—
鈴鈴鈴！
玉蘭

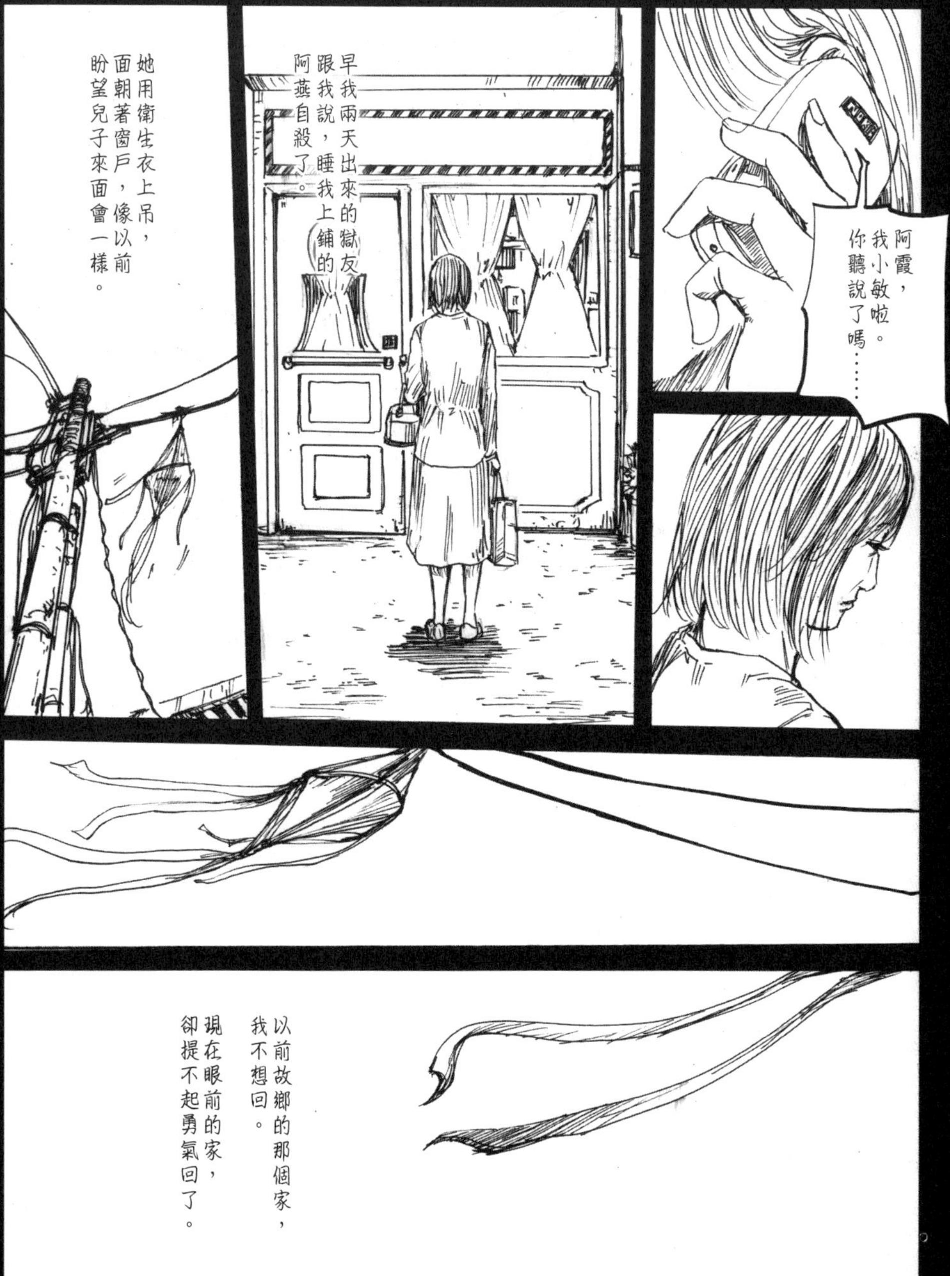
阿霞，我小敏啦。你聽說了嗎……
早我兩天出來的獄友跟我說，睡我上鋪的阿燕自殺了。
她用衛生衣上吊，面朝著窗戶，像以前盼望兒子來面會一樣。
以前故鄉的那個家，我不想回。
現在眼前的家，卻提不起勇氣回了。

CUT.4 鏽蝕

東華春理髮廳
Donghuachun Barbershop

呼！呼！
呼！
呼！
媽的！怎麼會……
國書！
明遠跟林美娟急救無效了。

這是我處理的第一宗命案。
醉警殺妻1死1重傷
沒想到牽涉的，都是我身邊認識的人。
這些以為明天還會碰面、聊天或一起吃飯的人，
在幾個小時裡，只剩下報紙角落的幾則報導。
JUKI

相較於逝去者的令人遺憾與惋惜，
還在世的人會更加辛苦與艱難。
因為那些好的、壞的記憶，
都會陰魂不散的住在身體裡吧。
那時候，啟立就坐在我對面這個位置……

啟立你餓了吧，先吃點麵包。
……
你不要緊張，我已經知道是什麼情況……

讓我來說吧。
可是學長，明遠那邊……
他母親在。
……

啟立，
接下來我要說的話，會很難以接受。
但你要試著面對……
你的父親，還在急救中。
不過你媽媽因為傷得很重，
她沒能撐過來……

……
嗚……
……
嗚嗚……

關於明遠……
法醫的報告說，致死的原因是氣喘發作。
不過因為是你們鬥毆過程引發的，
所以你有過失的責任。
我已經通知你外婆，她會陪你去少年法院接受詢問。

……
我可以先回家一趟嗎……
國書，你和小李開車送他。
是，學長。
啟立，走吧。

學長，這樣妥當嗎？
帶一個小孩回案發現場。
……對我們而言是案發現場；
對他來說，
那是家。

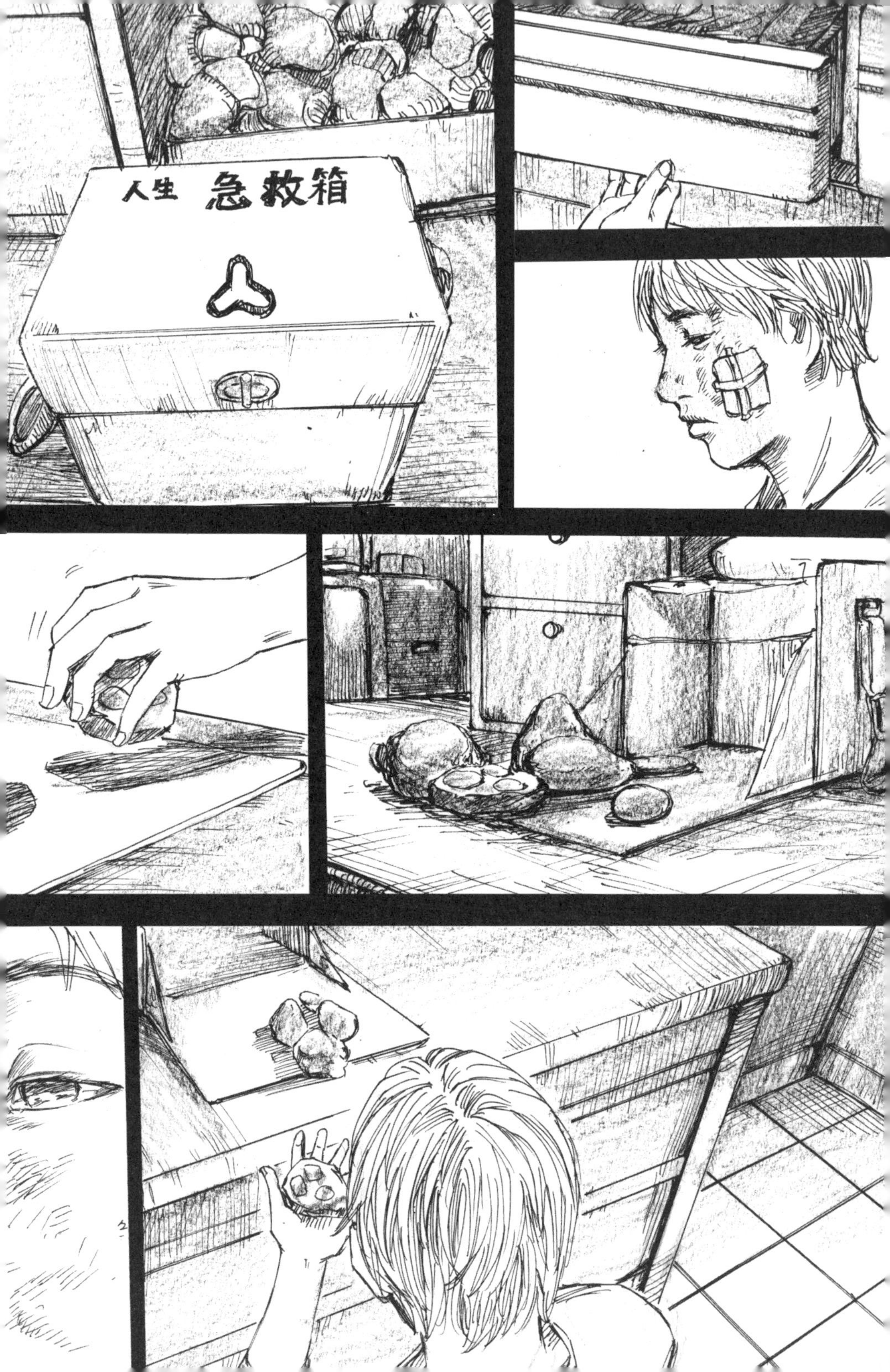
人生 急救箱

唔！下雨了。
喀！
啊！
啪！
改衣
繡學號
換拉

請上二樓
修改衣服
繡學號
換拉鍊
你這個笨蛋！
對不起，我不是故意的。
你剛也看到，這個招牌連鐵釘都生鏽了。
你看！還有壁癌！
閉嘴！
請上二樓
修改衣服
繡學號
換拉鍊

剛才往生者的母親，已經和禮儀公司的人將遺體領走了。
只留下這個。
節哀。

後來明遠的媽媽，連告別式的日期也沒通知所長。
也做太絕了。
處理案件剪報
每次翻看這些新聞事件，
可能她認為，是所長當年所做的事，造成明遠的死吧……
會發現事件的起因都很單一，
複雜的是人。

不用扶，我自己來。
你趕時間嗎？
呃！沒……
一起吃頓飯吧。
嗯，好。

我問過媽媽，
海邊的石頭都從哪來？
她說，不知道。
不過每顆石頭都是把自己
交給一切，
所以才會在那裡。
我決定，
不問這顆石頭為何會
在他的置物櫃了。

沙！
沙！
沙！
沙！
沙！
沙！
我聽小華說了。
關於妳母親，還有妳跟他吵架的事。

不覺得他很過分嘛！
問也沒問過我，就自己跑去見那個女人，
而且還要我去見她。
我幹麼要去！他到底有沒有把我當家人啊！
再說，那個女人……
十幾年都沒連絡，憑什麼一出現我就要接受她！

玉蘭，
上一個站在妳位置上的腳印，已經被浪沖走了。
妳離開後，也是這樣。
不著痕跡的都難以證明，也無從解釋。
呵呵！畢竟我瞎了，
所以不得不學會，別從表面去斷定所有事情。

剛失去視力的那幾個月，
雖然我已經摸清楚門在哪裡，
但是我完全不想出門，當時很想封閉自己，也算自暴自棄吧……
後來，阿福實在看不下去，他狠狠地罵我，
就算你瞎了看不見我們三天兩頭來，也會感覺到我們想幫你振作啊！
你以為我們吃飽太閒喔！如果感覺不到你直說，我就放給你爛！
妳應該知道，我省略很多的髒話。
玉蘭，人與事，不要用看不見或沒看見為評斷。

去感受看看吧。妳會有情緒，也表示心裡在意。
走一趟，不一定是為了要得到什麼答案，只是放下心裡的東西。
可是，我就是很氣啊！感覺被我哥背叛！

沙！
沙！
沙！
小華沒問妳想法，確實欠罵。
但也可能是被嚇慌了吧，突然有個人說是自己妹妹的媽媽。
他去這趟，也是要提起不少勇氣的。

因為有可能，家裡又變成只有他一個人。
你們男人都一樣，都用自己的角度做決定。
然後，再一副我是為你好的態度。
我先去探一下，就真的是為她好啊。

是妳們女人想太多吧，
單純的事可以聯想出八百種劇情跟推測。
是感受跟尊重的問題，至少前一晚你可以先找她商量。
她來這個家才一年多，她可能會以為你又要把她丟給她媽媽。
她都幾歲了，要這樣想我也沒輒啊。
再說，人家都找上門了，難道我要說這裡沒這個人嘛！
我叫她去跟母親見個面，這樣她不是更能決定要住哪了。
萬一她選擇跟媽媽呢？

那也只能接受。
她是人家的女兒，選擇跟媽媽沒有不對。

七公要我上來拿幾朵玉蘭花放口袋。
對了，歐吉桑。
我決定去宜蘭了。
阿福伯他們說要陪我去，順便玩幾天。
明天一早就出發，跟你說一下。
我先下去囉！

如果前晚你有找她商量……
或許現在就不會這麼尷尬了。
沙！
商量？
我不懂什麼是商量……
我爸離家之前，沒找我商量……

嚓！
嚓！
嚓！
我媽交男朋友的時候，
東華春理髮
嚓！
嚓！
東華春理髮
就放一百塊在唱片機上讓我吃晚餐，
她也沒跟我商量啊。
還有，我爸死前也只是寫一封信就把玉蘭送來，
也沒找我商量啊……
他們從來沒有跟我商量過……

還是所謂的商量，
都是已經決定好，只是要對方接受……
嚓！
或許你說的也沒錯。
不過，
就算沒有被好好對待過，或是沒被愛的人……

不代表就失去好好愛護人的能力。
試著練習吧！
不需要讓玉蘭重演以前受傷的陳小華。
呼——夢娜姊……
我去妳店裡消費，完全是添香油錢的概念。
哈哈哈！白痴。
妳果然是我的光明燈。

這是我陪你抽的最後一根菸了。
要戒菸囉？
也對，有點年紀了，是該注意身體了。
欠揍啊你！
哈哈！那這支我要抽慢點……
我還是說不出口……
決定要關店，離開這裡的事。

人生如戲
過程猶如
空中之音
相中之色
水中之月
鏡中之象
虛實真假
戲如人生
十三元 題
東華春大戲院
一律130元
今日放映
石頭
唐先生，我就直說了。
在輔導過程中，我發現啟立有攻擊傾向。
前天上課時，他一語不發地拿原子筆猛刺室友。
原因是傷者惡作劇，把他的石頭扔出牆外。
雖然傷者有錯在先，但啟立的反應似乎過當。
我在觀護所輔導過一些在家暴下成長的個案。

李啟立
出生年月
學員編
其實之前，我就觀察到他寡言，孤僻封閉的個性。
默寡言，孤僻習慣性在
，情緒表達能
躲。
我擔心會開始衍生出易怒、偏執的心態。
基本上他的家庭已經失能，所以才請你幫忙。
我會盡力的，也請你們多給他時間與耐心。
因為，可以傾聽，讓他傾訴的母親，已經不在世上了。

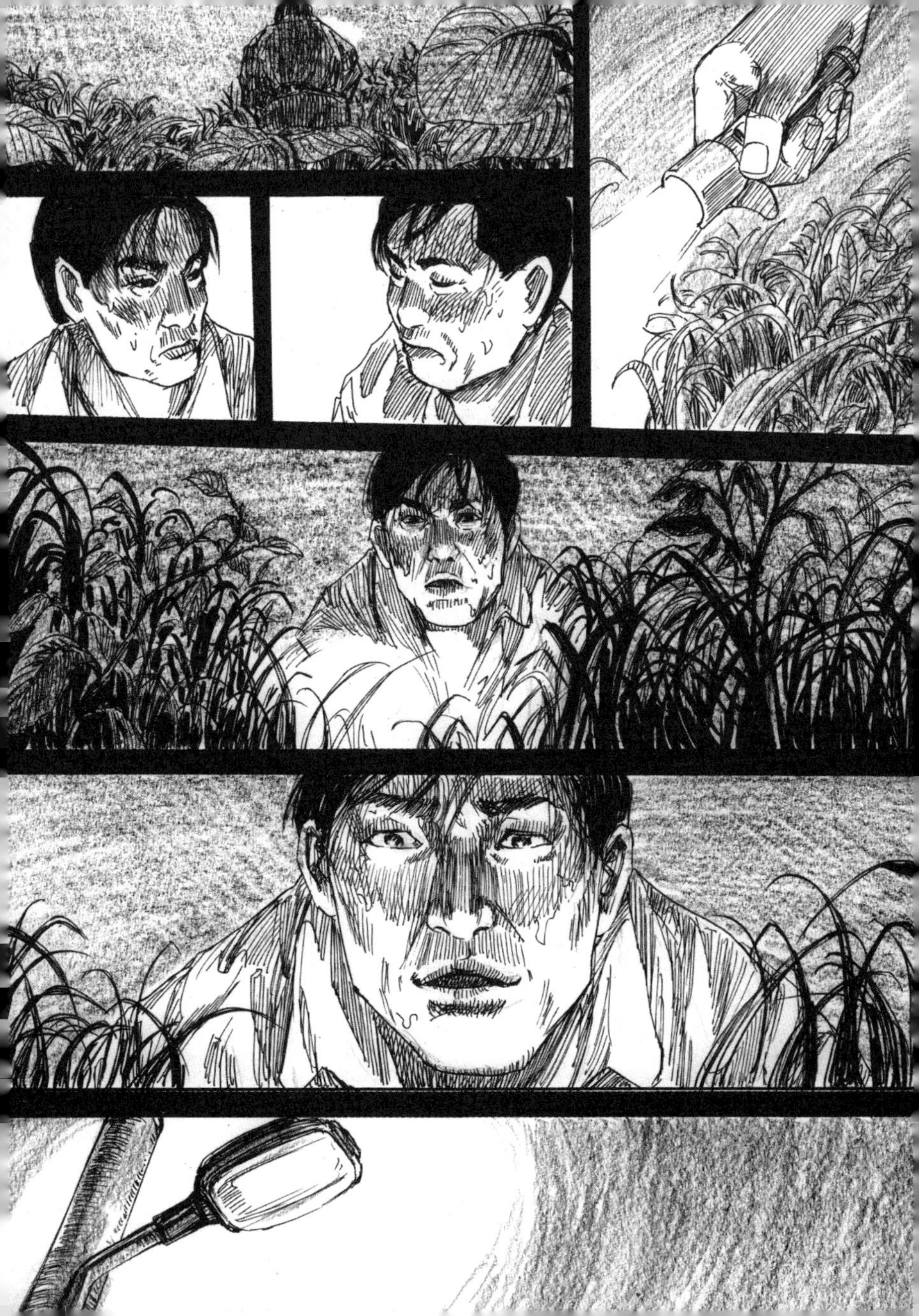

啟立，
石頭和人的相同之處，
都是獨自的。
有時會感到孤寂，
有時會很無助。
不過
不同的是，
再堅硬的石頭，
都難以抵擋
被風雨改變
它的樣子。
但是，
人就算遭遇
很大的風雨，
還是可以選擇
自己要成為
什麼樣的人。

CUT.5 離家走走

Donghuachun Barbershop
東華春理髮廳

硍!蠟燭為何插在鼻孔上!
哈哈!馬沙哥說這叫「愛的窒息」。
啊不就很幽默。
你今天一整天到底跑去哪了?
宜蘭啊。
去那幹麼?是不想過生日,故意搞消失嗎?!
我去找妳媽媽啦。
……
不!應該是她昨晚先找上門,我才去找她。

其實她人還不錯啦，而且事業很成功喔。
當初也是有很多無奈，才不得已離開你們。
我跟她說，妳任性歸任性，還算明事理。
而且妳每年生日她都有買禮物耶，妳找一天去見見她。
鼻孔蛋糕給妳吃……
為什麼這種事，你要自己決定……

為什麼那個女人找到這，我就非得去見她？
還有，你憑什麼替我答應跟決定……
因為那個人是妳媽啊，不是嗎？
再說，我為了更確定她的身分，才替妳跑這一趟的啊！
妳是在鬧什麼脾氣啦！明明在幫妳，搞得好像都是我的錯！
又不是我叫你去的！
那你可不可以先問我的想法！至少尊重我一下好嘛！

你連我的想法都沒問過，算什麼幫我！
老頭不是也沒問過妳意見，就把妳送來這！
還有今天慶生會的事，妳有問過我的想法嗎？

生日快樂
HAPPY BIRTH
何昭再來
生日快樂唷!
祝你賺大錢
開很多家東華春.
我要當董事長!!
妹 玉蘭

唉！生氣果然會讓智商變個位數……
師傅，我餵完小花了。
喔。
你怎麼發現玉蘭偷養流浪貓？
我視力又沒糟到分不出人毛跟貓毛。
衣服跟床單沾一堆啊……

玉蘭要去玩幾天？
啊知，想回家的時候就回來了吧。

玉蘭，妳應該是第一次離開家那麼多天吧？
嗯。
偶爾離家出走也不錯。
家，通常是離開後才會開始想的。
沒錯喔！尤其是迷路的時候會更想家。
哈哈！很難笑耶！
嘿嘿！笑了就好！
玉蘭，出來玩就把不爽的都丟掉啦！

※歹密啊：閩南語「歹物仔」的諧音，指鬼怪或不祥的東西。

所以當妳媽找到東華春時，
我心裡的破洞
有稍稍的被補起來。
可能是因為老頭
從來沒再回來找我，
我會去找她，
有一部分也是想
探一些老頭的過去。

歹勢，沒有顧慮到妳的感受，也沒問妳想不想見她。
但是每次當我聽人家在抱怨父母的時候，我內心都會想吐嘈對方：如果你爸媽沒生你，你根本沒命在這邊說這些五四三。
有些爸媽，就只是不適合當爸媽卻當了。

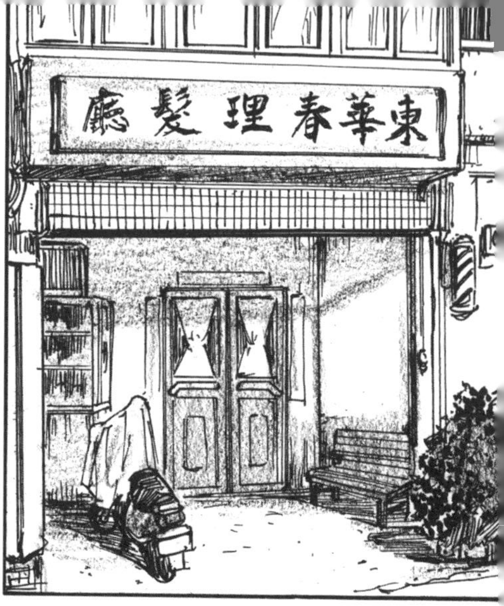

通常喜歡的理由
會很難舉例，
可是厭惡
卻能一條條列出來。

所以去見一見，
弄清楚，對妳反而比較好。
妳也清楚，
我無法從我們的老爸身上，
再去感受到喜歡或者厭惡了。

師傅，阿梅姨找你。
!
硍！夭壽！不會真的辦離婚了吧?!

〈自畫自說〉

慢慢靠近遠方的細縫

有次臨睡前電視正要播《刺激1995》，如果要看完整部片必定得熬夜，所以我按下電源鍵關了電視。閉上眼睛時腦子還在打轉，意識到電源雖然關了，頻道裡播放的電影仍繼續著。

生命中有些事，並不會因為自己不做什麼就真的停止。人可以決定的，也許是用什麼方式參與，以及在事過境遷後回望時，怎麼理解自己曾經參與的那段過去。

我並不會因為過了那麼久才動筆而感到可惜。

經過十幾年的累積，我不知道是否有表現得更好，但是現在的我覺得「剛好」似乎比較平易近人些。我還是喜歡不慍不火的說，也喜歡這樣的聽。至於輕、重，就交給聽者心裡去感受——這種關係比較會是留出空間讓他人從心裡去主動參與，而不是我硬塞給別人叫對方接受。

最後幾頁原本要演的是小華回想父親在頂樓對他說：「如果人與人的關係像雲朵就好了，即使兩朵雲不小心碰撞，也只是融合不會反彈。」

九或十歲的小孩是否能記得？

如果按照前幾頁他抽著菸，看著逆光中，小孩牽著父親去上學的背影。父親當年的一切，或許跟逆光中的凝望一樣，輪廓是不清晰的。

有些事忘不了是因為很清晰，不過也有一種是：雖然模糊不清，可是因為越想要想起，也就越難以放下。

接著他上了頂樓，為了尋找阿福伯載著玉蘭離家的路線，離出發已經過了一段時間，他當然什麼也看不到，但至少知道是往哪個方向。我想，小華打從心裡羨慕玉蘭吧，可以出發前往媽媽所在的地方，儘管陌生，卻因為每一步的向前而逐漸靠近與熟悉。

還是讓小華說幹話當作結尾。能把所有內心感受都轉化成幹話，這才是小華。

啟立，是我還在摸索怎樣建立得更立體的人，第一版草稿完成時，總編靜宜說他小時候經歷了那麼殘酷的事情，內心不會有任何陰影嗎？外在上他依然是體貼善良的人，然而內在完全平靜無波，似乎有點不合常情。

可是，我認為體貼的人一定會時刻提醒自己別讓內心的情緒浮現出來。我還在想，不會浮於表面卻可以讓人看出他內心的表現方式。

無論山多高海多深，遠方夠遠的話都成了橫躺的細縫。啟立是我正在前進的遠方。

時間會淡化許多，重新回憶與建立原本模糊的角色費了不少力氣。

一段夢娜跟有婦之夫在海邊的對話，畫面很快就完成，卻花了一個月在想他們的台詞。再看一次，其實也不是什麼太高深的字句，時間大多糾結在怎麼寫才能讓讀者感受他們已經在一起幾年，而在一瞬間夢娜決定結束一切的惆悵。有時總覺得頁數不夠，還是我太碎唸了？

還有一集，是遠方橫躺的細縫，正在看清楚是樹、是山；是河、是海……

不管你是等了十年或是幾個月，謝謝你看完第二集。

Taiwan Style 76

東華春理髮廳 2

DongHuaChun Barbershop

作　　者 / 阮光民

編輯製作 / 台灣館

總 編 輯 / 黃靜宜

主　　編 / 張詩薇

美術編輯 / 丘銳致

行銷企劃 / 叢昌瑜

發 行 人 / 王榮文

出版發行 / 遠流出版事業股份有限公司

地址：104005 台北市中山北路一段 11 號 13 樓

電話：（02）2571-0297

傳真：（02）2571-0197

郵政劃撥：0189456-1

著作權顧問 / 蕭雄淋律師

輸出印刷 / 中原造像股份有限公司

□ 2021 年 12 月 30 日　初版一刷

定價 260 元

Printed in Taiwan

ISBN 978-957-32-9398-9

YL 遠流博識網 http://www.ylib.com　E-mail: ylib@ylib.com

遠流粉絲團 https://www.facebook.com/ylibfans

贊助單位：文化部 MINISTRY OF CULTURE